波赫士
談詩論藝

This Craft of Verse

凱林—安德・米海列司庫 編

陳重仁 譯

波赫士 Jorge Luis Borges

目錄

第一講　詩之謎

The Riddle of Poetry

首先，我要先明白地告訴各位可以從我身上得到什麼——或者說呢，不能得到什麼。我覺得我在第一場演講的標題上犯了一點小錯誤。如果我沒記錯的話，那場演講的標題是「詩之謎」，而整場演說的重點就在這第一個字，「謎」。所以你或許會覺得這個謎是最重要的。更糟的是，你或許會認為我自己誤以為已經找到了閱讀謎題的正確方法。事實上我沒有什麼驚世的大發現可以奉告。我的大半輩子都花在閱讀、分析、寫作（或者是說試著讓自己寫作），以及享受上。我發現最後一項其實才是所有之中最重要的。至於享受人生方面，得到的最後結論是我要在詩中「小酌」一番。的確，每次面對空白紙張的時候，總會覺得我必須要為自己重新發掘文學。只不過無論如何我是無法重回到過去了。所以，正如我說過的，我只有滿腔的困惑可以告訴你。我已經快要七十歲了。我把生命中最重要的部分都貢獻給文學，不過我能告訴你的還是只有疑惑而已。

偉大的英國作家與夢想家，湯馬士·迪昆西[1]寫過——他的著作有十四巨冊，篇幅長達幾千頁——發現新問題跟發現解決老問題的辦法比較起來，其實是同樣重要的。不過儘管如此，我還是無法告訴你解決問題的辦法；我只能提供你一些經年累月以來的困惑而已。而且，我為什麼需要擔這個心呢？哲學史為何物？哲學不過是一段記錄印度人、中國人、希臘人、學院學者、柏克萊主教[2]、休謨、叔本華，以及所有種種的困惑史而已。我只不過想與你分享這些困惑而已。

我只要翻閱到有關美學的書時，就會有一種不舒服的感覺，我會覺得自己在閱讀一些從來都沒有觀察過星空的天文學家的著作。我的意思是說，他們談論詩的方式好像是把詩當成是一件苦差事來看待，而不是詩應該要有的樣子：也就是熱情與喜悅。比方說吧，我是滿懷著崇敬的心情來拜讀班內迪拖・克羅齊[3]在美學方面的著作，而我也曾做過這樣的定義，詩和語言是一種「表達」（expression）。現在，如果我們想到某種東西的表達方式，接下來我們就又會回到形式與題材的老問題上了；而如果我們想到的剛好又不是特定事件的表達，那麼能帶給我們的就真的是微乎其微了。所以我們慎重地接受了這樣的定義，然後才開始嘗試其他的可能。我們嘗試了詩；我們也嘗試了人生。而我也可以很肯定地說，生命就是由詩篇所組成的。詩並不是外來的——正如我們所見，詩就埋伏在街角那頭。他可是隨時都可能撲向我們的。

現在，我們很容易就會陷入一個常見的誤解。比如說，我們會覺得，如果我們讀的是荷馬，或是《神曲》，或是佛來・路易・德里昂（Fray Luis de León），或是《馬克白》

的話，我們就是在讀詩了。不過，書本只不過是詩的表達形式而已。

我記得愛默生[4]曾經在某個地方談過，圖書館是一個魔法洞窟，裡面住滿了死人。當你展開這些書頁時，這些死人就能獲得重生，就能夠再度得到生命。

談到柏克萊主教（請容我提醒各位，他可是預言美國將會壯大的先知），我記得他曾經寫過，蘋果的味道其實不在蘋果本身——蘋果本身並無法品嚐自己的味道——蘋果的味道也不在吃的人嘴巴裡頭。蘋果的味道需要兩者之間的聯繫。同樣的事情也發生在一本書，在一套書，或許也在一座圖書館身上。究竟書的本質是什麼呢？書本是實體世界當中的一個實體。書是一套死板符號的組合。一直要等到正確的人來閱讀，書中的文字——或者是文字背後的詩意，因為文字本身也只不過是符號而已——這才會獲得新生，而文字就在此刻獲得了再生。

我現在想到了一首大家都知道的詩；不過或許你們從來都沒注意到，這首詩其實有點奇怪。完美的詞藻在詩中看起來一點都不奇怪；它們看起來好像都很理所當然。所以我們很少會感謝作家們經歷過的痛苦。我想到了一首十四行詩，這首詩是在一百多年前一位住在倫敦的年輕人寫的，（我想他就住在漢普斯特德〔Hampstead〕吧！）這名年輕人就是約翰・濟慈[5]，他後來死於肺病。而這首詩就是他最有名，或許也是他最廣為人知的十四行詩：〈初讀查普曼譯荷馬史詩〉（*On First Looking into Chapman's Homer*）。我在三、四天前構思這場演講的時候想到了這個點子——這首詩奇怪的地方在於內容寫的就是詩的經驗。你一定會背這一首詩，不過我還是要各位再聽一次這首詩最後幾行是如何地波濤洶湧、如雷貫耳：

之後我覺得我像是在監視星空
一顆年輕的行星走進了熠熠星空，
或像是體格健壯的庫特茲（Cortez）他那老鷹般的雙眼
盯著太平洋一直瞧——而他所有的弟兄
心中都懷著荒誕的臆測彼此緊盯——
他不發一語，就在那大然山（Darien）之巔。

我們在這裡就有了詩意的體驗。喬治・查普曼[6]是莎士比亞的好朋友，也是他的死對頭，他當然已經作古了，不過就在濟慈讀到他所翻譯的《伊里亞德》或是他的《奧德賽》的時候，突然間他又活了過來。我想莎士比亞在寫到以下這幾句詩的時候，他心中想到的一定是喬治・查普曼（不過我並不是研究莎士比亞的專家，我也不敢確定）：「是否他的偉大詩篇聲勢壯盛，／要前去掠劫你這稀世之珍？」①

這首詩裡頭有一個字對我而言相當的重要：〈初讀查普曼譯荷馬史詩〉。我想，「初次」這個字眼對我們來說最為受用。在我閱讀濟慈這幾行鉅力萬鈞的詩句時，我在想或許我只是忠於我的記憶而已。或許我從濟慈的詩裡頭所真正得到的震撼，遠遠來自我兒時在布宜諾斯艾利斯的記憶，那是我第一次聽到父親大聲朗讀這首詩的印象。事實上，詩與語言都不只是溝通的媒介，也可以是一種激情，一種喜悅——當理解到這個道理的時候，我不認為我真的了解這幾個字，不過卻感受到內心起了一些變化。這不是知識上的變化，而是一個發生在我整個人身上的變化，發生在我這血肉之軀的變化。

我們回到〈初讀查普曼譯荷馬史詩〉這首詩的文字上，我想濟慈在讀過《伊里亞德》以及《奧德賽》這麼多本大部頭的著作之後，他是否也感受到這股震撼。我認為第一次閱讀詩的感覺才是真實的感覺，之後我們就很容易自我沉溺在這樣的感覺中，一再讓我們的感官感受與印象重現。不過正如我所說的，這種情形可能是單純的忠於原味，可能只是記憶的惡作劇，也可能是我們搞不清楚這種熱情是我們現在有的，還是在從前就感受過的。因此，我們也可以說，每一次讀詩都是一次新奇的體驗。每一次我閱讀一首詩的時候，這樣的感覺又會再度浮現。而這就是詩。

我曾經讀過一個故事，美國畫家惠斯勒[7]有次到巴黎的咖啡廳，那邊有人正在討論遺傳、環境、當代政治局勢等等會影響藝術家之類的論點。惠斯勒這時開口說話了：「藝術就這麼發生了。」（Art happens.）也就是說，藝術本身有一些神祕的成分。而我就要用一種全新的觀點來詮釋他的論點。我會這麼說：**每當我們讀詩的時候，藝術就這麼發生了**。這樣的說法或許會一筆抹煞掉大家界定經典作品的條件，像是經典作品一定要歷經時間的淬煉，一定要流傳久遠，而讀者也一定永遠可以從中找尋到美。不過我希望我在這點真的是搞錯了。

或許我要先簡短地為各位介紹一下書籍史。就我記憶所及，希臘人並沒有充分地使用書籍。當然啦，當時大多數人類的偉大導師都不是偉大的著作家，而是演說家，這是事實。想想看畢達哥拉斯、基督、蘇格拉底，還有佛陀等人吧！不過既然我都已經提到了蘇格拉底，我想我就順便討論一下柏拉圖吧！我記得蕭伯納說過，柏拉圖是創造出蘇格拉底的劇作家，就像是那四位福音傳教者也創造出耶穌一樣。這樣的說法或許有點誇大，不過還是有一定的真實性。在柏拉圖的對話錄[8]當中，他用一種相當輕蔑的態度來討論書籍：「書是什麼東西？就像是一幅畫，書好像就是一個活生生的生物；不過，如果我們問它問題的話，它是不會回答的。然後我們就認為它已經死了。」②為了要讓書本起死回生，他創造了柏拉圖的對話錄——很高興這是為我們而做的——這本書也預先解決了讀者的困惑與疑問。

不過我們或許也會說，柏拉圖對蘇格拉底是懷有殷切渴望的。就在蘇格拉底死後，柏拉圖常會自言自語地說：「要是蘇格拉底的話，他會對我這個問題說些什麼呢？」然後，為了想要再次回顧這位他所摯愛的大師的聲音，他才寫下了這些對話錄。在有些對話中，蘇格拉底代表的是真理。但在其餘的對話中，柏拉圖會刻意誇大他許多的情緒。有些對話並沒有結論，因為在柏拉圖寫下這些對話的時候，他都還在思考；當他寫下第一頁時，還不知道最後一頁的結論呢！他放任思緒漫遊，而且也讓這樣的情緒戲劇化地感染到其他人身上。儘管蘇格拉底已經飲鴆自盡了，不過我想柏拉圖主要的目的就是要營造出蘇格拉底還在他左右的幻象。我覺得這種說法是真的，因為在我的生命當中也曾深受多位大師親炙。我很驕傲能夠成為他們的門生——我也希望自己是個稱頭的好學生。每當我想到我的父親，想到偉大的猶太裔西班牙作家拉菲爾．坎西諾—阿塞恩③，當我想到馬賽多尼歐—費南德茲④的時候，我也會想要聽到他們的聲音。有的時候我還會訓練自己模仿他們的聲音，為的就是希望自己也能夠有跟他們一樣的思考方式。他們總是與我同在。

我還有另外一句名言，這是一位教堂神父說過的話。他說，把一本書交到一個無知的人手中，跟把劍交到小孩子的手中是一樣的危險。所以說，對古代的人來說，書只不過是暫時的替代品而已。在塞內加（Seneca）許多的書信當中，有一封是他向大圖書館抗議的信；很久以後，叔本華也寫到，很多人誤以為買了一本書也就等於買了整本書的內容了。我有時候看到家中的藏書，會覺得在我把這些書全部讀完之前，我恐怕早就已經翹辮子了，不過我就是無法抗拒繼續購買新書的誘惑。每當我走進書店找到一本與我的興趣有關的書——比如說是有關古英文或是古斯堪地那維亞的詩文——我就會對自己說：「我不能買這本書，真可惜，因為家裡早就已經有一本了。」

同樣是古代哲人，東方哲學家對於書本卻有另一套不同的看法。東方有一種天書（Holy Writ）的觀念，也就是一些由神明所寫成的書；也因此有了《可蘭經》、《聖經》等種種這樣的書籍。套用史賓格勒在《西方的沒落》[9]一書討論過的實例，我也要舉《可蘭經》為例來討論。如果我沒搞錯的話，記得回教神學家認為《可蘭經》早在世界誕生之前就已經存在了。《可蘭經》雖然是以阿拉伯文寫成的，不過回教徒卻認為《可蘭經》的存在還在語言之前。當然，我也讀過這樣的說法，這一派人士不認為《可蘭經》是上帝親筆所寫，而認為《可蘭經》具體呈現出所有上帝的特質，即是祂的正義，祂的慈悲，以及祂所有的智慧都可以在書中找得到。

隨後，這種天書的觀念也傳入了歐洲——我想，這樣的觀念也不完全是錯誤的觀念。蕭伯納有一次被人問道（我好像常常引述他的事蹟），《聖經》究竟是不是聖靈的作品呢？蕭伯納回答道：「我覺得聖靈寫過的書不只是《聖經》而已，而是所有的書。」當然啦，聖靈要寫下所有的書是很難的——不過，我認為所有的書的確都值得你來閱讀。我想，荷馬在與靈感交談的時候也是這個意思。這也是希伯來人與米爾頓的觀念，他們認為聖靈的殿堂是如此聖潔，也是人類純真的心靈所在。在我們比較不那麼綺麗的神話裡，我們談到了「下意識」（subliminal self），也就是「潛意識」（subconscious）。當然了，跟繆斯女神或是聖靈的文字相比，這些文字是有點粗野的。我們仍然還要忍受我們當代的神話。因為其實這些文字在本質上都是相同的。

我們現在要談論「經典」（classics）的概念。我必須要承認，我認為書本並不真的是重要到需要我們精挑細選，然後還要我們迷迷糊糊地崇拜。不過書本真的是美的呈現。而書本也真的需要如此，因為語言是永遠不斷在變更的。我個人非常著迷於字源學，而我也要提醒各位一些非常有意思的字源（我非常確定各位懂得的字源學知識一定比我來得多）。

比方說，在英文裡頭有一個動詞叫做「嘲笑」（to tease）——這個字是相當調皮的一個字。這個字代表的是一種玩笑。在古英文裡頭，tesan 這個字的意思是「用劍傷害別人」，在法文裡，navrer 的意思是「用劍刺穿別人的身體」。接下來我們要討論另外一個古英文字 preat，你可以在《貝奧武夫》[10] 開頭的第一句找到這個字，這個字的意思是「一群憤怒的群眾」——也就是說，這個字是「威脅」（threat）的來源。如此一來，字源就可以如此無止盡地循環下去。

不過現在就讓我們來討論一些特殊的詩句吧。我從英文裡舉例的原因是我個人對英國文學有著特別的喜好——當然啦，儘管如此，我對英國文學的知識還是有所侷限的。英文裡頭有詩自己創造出自己的例子。例如說，我並不認為「生命的終止」（quietus）以及「錐子」（bodkin）這兩個字有多美；相反的，我會說這兩個字還有點粗俗呢。不過，只要我們想到這一句話，「而此時他自己儘可以自求解脫／只需一把小小的匕首。」（When he himself might his quietus make/With a bare bodkin.）我們又會想到哈姆雷特說過的那一番偉大的話了。⑤因此，這些文字之所以為詩，是因為文字背後的情境——這些字彙在現代大概都沒有人敢用了，因為這些字現在都成了大家喜歡引用的名言。

不過我們也有其他例子，或許這幾個例子更簡單一些。就讓我們引用一本全世界最有名的書的標題，《奇情異想的紳士唐．吉軻德．德．拉．曼卻》[11]。hidalgo這個字在今日的意涵或許有它一定的威嚴，不過在賽凡提斯當時寫下這個字的時候，hidalgo這個字的確代表「鄉間紳士」的意思。至於唐．吉軻德這個名字，其實是相當滑稽的，就像是許多狄更斯[12]小說裡的角色一樣：皮克威克（Pickwick）、史威樂（Swiveller）、查索威（Chuzzlewit）、推斯特（Twist）、史魁而（Squears）、愧而普（Quilp）如此種種。接著我們會看到「德・拉・曼卻」（de la Mancha）這幾個字，這幾個字出現在詩文當中聽來或許會有點詩意，不過在賽凡提斯那時寫下這幾個字的時候，他的用意或許是要讓這幾個字聽起來有點像是「來自堪薩斯市的唐・吉軻德」這樣的感覺（如果在座有人是來自堪薩斯的，我向你致歉）。這樣子你應該可以了解這些字的意思有了多大的改變，還有這些字也因此變得多麼尊貴了吧。你也看到一個奇怪的事實：也就是因為賽凡提斯這個老兵作家開了「拉・曼卻」（La mancha）這麼一個無傷大雅的玩笑，現在卻使得「拉・曼卻」（La Mancha）成了文學史上最為流傳久遠的字彙之一。

我們現在來舉另外一個詩也面臨了改變的例子。我現在想到的是一首由羅西蒂[13]所寫的十四行詩，這首詩的標題名叫〈涵蓋一切〉，因為比較不那麼美，所以也比較沒那麼受人注目。這首詩是這麼開頭的：

男人注視沉睡中的小孩時在想些什麼？
而這張臉注視父親冰冷的臉又在想些什麼？

或許他是憶起母親親吻他的雙眸，
　在他父親追求母親的時候，她的吻該有多柔？[6]

電影的問世也教導了我們迅速跟隨影像的本事，所以我想這幾行詩在今日讀來，或許還比八十年前剛完成的時候更為鮮明吧。在第一行詩裡頭，「男人注視沉睡中的小孩時在想些什麼？」我們看到了一位父親俯身注視沉睡中小孩的臉。在第二行裡頭，就像是在一齣好電影裡我們會看到的影像轉換技巧一樣：我們看到了孩子的臉俯身在往生的父親臉上。或許我們近來在心理分析的研究讓我們對這幾行詩更為敏感吧：「或許他是憶起母親親吻他的雙眸／在他父親追求母親的時候，她的吻該有多柔？」當然，在這裡我們可以感受到英文母音的溫柔，像是「沉思」（brood）、「追求」（wooed）這幾個母音的美感。「追求」這個字的美感就在字面的本身——不在於「追求她」，就單單只是「追求」而已。這個文字本身就已經餘韻無窮了。

不過也有其他形式的美。我們就舉一個曾經是相當普遍的形容詞吧。我不懂希臘文，不過我覺得希臘文真的很oinopa-pontos，翻譯成普通英文的話就是「暗酒色的大海」的意思。我料想「暗」（dark）這個字是為了要讓讀者更容易明瞭才偷偷放進來的。或許這句話的翻譯應該是「如酒般的大海」，或是其他類似的意思。我很確定荷馬（或是其他許多記錄荷馬的作家）在寫下這句話的時候，他們腦子裡想的就是大海；這個形容詞用得相當直接。不過到了現代，在我們嘗試過了這麼多花俏的形容詞之後，如果我或是任何一位在座的仁兄也寫了「暗酒色的大海」這樣的一首詩，這就不只是重複希臘人當初寫過的詩了。相反的，這就是重返傳統了。當我們講到「暗酒色的大海」的時候，我們想到的是荷馬以及他和我們之間長達三千年的差距。所以儘管寫下的字或許有所雷同，不過當我們寫下「暗酒色的大海」這樣的詩句，我們其實還是寫了一些跟荷馬當初完全不同的東西。

照此說來，語言是會轉變的；拉丁人都知道這一點。而且讀者也在轉變。這就帶領了我們回到了希臘人一個古老的隱喻——這是一個比喻，或許也是一個事實，就是沒有人能夠把腳放到同樣的河水裡頭兩次。我想，這裡面是有點恐懼的成分在。一開始我們很容易會想到河流是流動的狀態。我們會想，「當然啦，河水一直都在流動，因此河水也一直都在改變。」[7]接下來，我們心中可能會湧現一股畏懼，我們感受到了我們也在改變——我們跟河水一樣也一直都在改變，也很容易幻滅。

無論如何，我們都毋須太過擔心經典作品的命運，因為美是永遠與我們同在的。我要在此引用另外一首由布朗寧[14]寫的詩，他在現代或許已經是一位遭到大家遺忘的詩人了。他說道：

就當我們處在最安逸的時刻，我們會感受到一股夕陽般的溫暖，
一種對花鐘的遐想，有人過世了吧，
就像是尤里庇底斯（Euripides）悲劇中歌舞團的結尾一樣。⑧

這首詩的第一行已經充分地告訴了我們：「就當我們處在最安逸的時刻……」也就是說，美就在我們身邊圍繞著我們。或許是以電影的形式呈現在我們面前；或許是以某種通俗歌曲的形式；我們甚至可以在偉大或是知名作家的作品中找尋到這種感覺。

既然我剛剛提到了一位教導過我的已逝大師，拉菲爾・坎西諾—阿塞恩（這好像已經是你們第二次聽到他的名字了；我自己也不太清楚為什麼現在沒有人讀他的作品）⑨，我

記得坎西諾—阿塞恩寫過一首很棒的散文詩[15]，他在詩中請求上帝保佑他，把他從美中拯救出來，因為，他如此說道，「這個世界已經有太多的美了。」他覺得美已經征服世界。雖然我自己也不知道我是不是個快樂的人（我希望自己在六十七歲人生成熟的年紀達到真正的快樂），也依然覺得美的確環繞著我們。

一首詩是不是出自名家手中，這個問題只對文學史家顯得重要而已。為了方便討論的緣故，讓我們假設我已經寫下了一行相當美的詩；讓我們就以此為前提來討論吧。一旦我寫下了這一行詩，這一行詩對我來說就一點也不重要了，因為，正如我所說過的，這一行詩是經由聖靈傳到我身上的，從我的潛意識自我中浮現，或許是來自其他的作家也不一定。我常常會覺得，我只不過是在引用一些我很久以前讀過的東西而已，寫下這些東西不過只是重新發掘。也許詩人都寂寂無名的話，這樣子還會好一點。

我談到了「暗酒色的大海」，而且既然我的興趣是古英文（如果各位有勇氣或是有耐心還來聽我其他演說的話，我很擔心各位還會接受到更多古英文的摧殘），我也要回顧一些我覺得相當美的古英文詩句。我會先用當代英文說一次，然後我還會再用第九世紀較為僵硬、母音也比較長的古英文再說一次：

白雪自北方飄落；
冰霜覆蓋了曠野；
冰雹覆滿了大漠，
這種子最為冷冽。

Norpan sniwde
Hrim hrusan bond
Hægl feol on eorpan
Corna caldast.[10]

這讓我們再度回到我所說的荷馬：當大詩人寫下這幾行詩的時候，他只不過是記錄下發生過的事而已。這種情形在西元九世紀當然是相當奇怪的，因為當時的人都是用字源、寓言意象等種種來思考的。而他只不過是訴說一些非常稀鬆平常的事情而已。不過在我們現在讀到這首詩的時候——

白雪自北方飄落；
冰霜覆蓋了曠野；
冰雹覆滿了大漠，
這種子最為冷冽……

這裡面可是詩中還有詩的。這首詩是由一位沒沒無聞的薩克森人在北海岸邊所寫下的——我想大概是在諾森伯蘭（Northumberland）寫的吧；這幾行詩是如此直接、如此坦率、如此哀戚，經過了幾世紀的流傳給了我們。我們現在就有兩種情況了：其中一個就不用我多說，這種情況是時間貶低了詩的價值，文字隨著時間也失去了它的美；另外一種情況就是時間的流逝不但沒有降低詩的評價，反而更豐富了詩的內涵。

我打從一開始就談過詩的定義了。總結說來，我要說的是我們都犯了一個常見的通病，我們常會因為無法為某些東西下定義，就說我們對這些事情一無所知。我們如果是處在一個卻斯特頓式[16]的情緒下（我認為這是一個最佳的情緒狀態之一），我或許會說我們只有在完全一無所知的情況下，才能為某些事情下定義。

例如說，如果要我為詩下定義的話，這件事會讓我忐忑不安的。如果我自己也是一知半解的話，我就會說出這樣的話：「透過文字藝術化的交錯處理，詩可以表達出美的事物。」對於字典或是教科書來說，這個定義或許已經是一個不錯的答案，不過我們還是會覺得這樣的定義未免過於薄弱。應該還要有其他更重要的東西——就是一種不但能夠鼓舞動手寫寫詩，還要讓我們心領神會的感覺。

這就是我們所知道的詩。我們對詩可以說是已經知之甚詳，我們無法用其他的文字來為詩下定義，這就像是我們無法為咖啡的味道下定義，或是無法為紅色黃色、無法為憤怒、愛與仇恨，或是日出日落，還有對國家的愛來下定義一樣。這些東西的感受已經深藏在我們的內心當中，這些感受只有透過我們共有的符號來表達。既然如此我們幹麼還需要其他的文字？

你或許對於我所舉的例子無法苟同。或許我明天會想到更好的例子也不一定，或許我應該引用另外一段文字才是。不過既然各位也都能隨意地舉例來理解，所以你們也就毋須太過在意我所舉的荷馬、盎格魯薩克遜詩人，或是羅西蒂的例子。大家都知道要到哪裡去找詩。當你讀到詩的時候，你會感受到詩的質感，那種詩中特有的悸動。

總歸來說，我引用了一句聖・奧古斯丁[17]的話，我覺得這句話在這裡引用相當的貼切。他說過：「時間是什麼呢？如果別人沒問我這個問題的時候，我是知道答案的。不過如果有人問我時間是什麼的話，這我就不知道了。」[⑪]而我對詩也有同樣的感覺。

我們通常是不太會對定義的問題感到困擾的。不過這次我真的是茫然無知了，因為我對抽象式的思考一點都不在行。不過在接下來的講座當中——如果你們還受得了我的話——我們會列舉一些比較具體的例子。我會談談隱喻、談談文字中的音樂、談談詩是不是有可能翻譯，以及說故事的方法——也就是說，我會談到史詩，談到這種最古老、也或許是最英勇的一種詩體。不過我會做出什麼結論呢，就連我自己現在也都還不知道。我最後會以一場名為「詩人的信條」的演講作為我整個講座的總結，我會在那場演講中為自己的生涯做辯護，也會讓在座一些對我有信心的來賓放心，接下來的講座不會再像今天第一場這麼樣地笨拙又零散了。

1 湯馬士・迪昆西（Thomas De Quincey, 1785-1859），英國散文作家及評論家，抱有「啟迪人類」的大志，為浪漫派詩人華茲華斯與柯立芝之好友。著作共有十四卷，以《一個英國鴉片服用者的自白》聞名。

2 柏克萊主教（Bishop Berkeley, 1685-1753），愛爾蘭哲學家，提出新的感覺理論、拋棄傳統的物質實體概念。於一七三四年升任愛爾蘭克羅因主教。

3 班內迪拖・克羅齊（Benedetto Croce, 1866-1952），二十世紀前半期義大利最著名的哲學家。同時也是歷史學家和文藝批評家。一九〇三年創辦《批評》雜誌，對當時歐洲出版的重要歷史、哲學及文學作品均有評論。同時對其「精神哲學」進行系統的闡述。

4 愛默生（Ralph Waldo Emerson, 1830-1882），美國散文作家、思想家、詩人、演說家，美國十九世紀超越主義文學運動與美國文藝復興領袖。其思想深受華茲華斯及柯立芝影響，為歐洲浪漫文學主義潮流在美國的發言人。

5 約翰・濟慈（John Keats, 1795-1821），英國詩人，也是十九世紀最偉大的詩人之一，代表詩作包括〈初讀查普曼譯荷馬史詩〉、〈夜鶯〉、〈希臘古甕〉、〈秋頌〉等。濟慈詩中對人、物和情感的描繪給人以直接、如畫的印象。按照濟慈的理論，即詩人應像變色龍一樣反應各種經驗的色澤，而不讓自己的個性干涉感覺的傳遞。濟慈病逝於羅馬，依照他的吩咐，墓磚上刻著「此地長眠者，聲名水上書」，得年僅二十六歲。

6 喬治・查普曼（George Chapman, 1559-1634），英國詩人、劇作家。譯有《伊里亞德》、《奧德賽》兩部荷馬史詩，有不少章節優美動人。現存劇作約十二部，主要是悲劇。

7 惠斯勒（James Whistler, 1834-1903），美國畫家。長期僑居英國，其作品風格獨特、線條與色彩和諧，富於裝飾性與東方趣味。曾提出「為藝術而藝術」觀點，對歐美畫家影響甚大。

8 柏拉圖（Plato, 約西元前428-前348年），與蘇格拉底、亞里斯多德共同奠定西方文化的哲學基礎。其《對話錄》是對蘇格拉底的紀念，以蘇格拉底的生活和思想為根據，建立起博大精深的哲學體系，具有強烈的倫理性質，有時陷入神祕，但基本上是理性主義的。其目的是建立以理念為內容的絕對世界，將倫理學等結合在一起，從而有利於糾正當時道德上的紊亂。

9 史賓格勒（Oswald Spengler, 1880-1936），德國哲學家，其代表作為《西方的沒落》（*The Decline of the West*），他相信西方已經度過「文化」的創造階段，而進入反省與物質享受的階段，而未來只能是無可挽回的沒落階段。此書對社會理論的研究貢獻甚大。

10 《貝奧武夫》（*Beowulf*），為英雄史詩，古英語文學的最高成就，最早用歐洲地方語言寫成的史詩，據信於西元七〇〇至七五〇年間寫成，描寫氣力過人的大英雄貝奧武夫與噴火龍戰鬥的故事。

11 塞凡提斯（Miguel de Cervantes, 1547-1616），西班牙傑出的小說家。其代表作《唐・吉軻德》於一六〇五年出版，全名為《奇情異想的紳士唐・吉軻德・德・拉・曼卻》（*Historia del ingenioso hidalgo Don Quijite de la Mancha*），是西方文學中最受喜愛的古典作品之一。該書最初被構思為一部滑稽諷刺作品，旨在反對當時文學中盛行的騎士小說，其內容如實地描寫一位老騎士，由於讀了騎士小說而頭腦糊塗，騎上老馬羅西南特，帶著崇尚實際的侍從桑丘・潘沙，出門尋找冒險。

12 狄更斯（Charles Dickens, 1812-1870），英國最偉大的小說家之一，出身中產階級，作品中對工人階級的生活和不幸有深刻的瞭解與同情。在他的小說中，監獄、孤苦無依和受壓迫的人們，以及迷惘的兒童形象不斷出現。狄更斯以諷刺或譴責的筆調，抨擊了社會的罪惡和不健全的社會制度，影射時事，揭露社會底層悲苦的生活狀況，在當時引起巨大的回響，被一些人諷刺為「維多利亞時代的感傷主義」。狄更斯又以刻畫人物著稱，創造了許多被稱之為「狄更斯人物」的典型角色。

13 但丁・嘉布瑞・羅西蒂（Dante Gabriel Rossetti, 1828-1882），英國詩人和畫家。提倡忠實於自然，主張用筆工細和戶外寫生，把詩、繪畫和社會理想三者結合起來，並推崇理想化的中世紀藝術，熱衷於傳說文藝和致力於改造工藝美術。

14 布朗寧（Rodert Browning, 1812-1889），維多利亞時期最傑出的詩人之一，其寫詩的天才突出表現於運用戲劇獨白，來寫作富於感染力的敘事詩與細緻的人物心理描繪。

15 散文詩（prose verse），散文中有明顯卻不具規則的節拍，並廣泛運用比喻文字與意象，也就是借用詩的節奏與意象以為充實的散文體。

16 卻斯特頓（Gilbert Keith Chesterton, 1874-1936），英國批評家、詩人與散文家，以精力充沛和體型矮胖著稱。他的散文俏皮而雋永，他的小說也得到許多讀者的愛好。最成功的作品是以布朗神父為主角的一系列偵探小說。本文中卻斯特頓式的心境，即是活力充沛、俏皮雋永的風格。

17 聖・奧古斯丁（Saint Augustine, 354-430），為通稱古代基督教會最偉大的思想家，認為內在者優於外在者，要達到善與真，人必須「反求諸己」，因為只有人最深處的靈才能把人同最終極的單一體相連起來。在其《懺悔錄》中，敘述自己如何通過上述內省而發現上帝。

第二講　隱喻

The Metaphor

既然今晚演講的主題是隱喻，那麼我也就列舉一個隱喻作為今晚的開場白好了。我首先要引用一個來自遠東地區的隱喻，這個隱喻大概是從中國來的吧。如果我沒記錯的話，中國人把這個世界叫做「十方世界」（the ten thousand things），也有人叫做「十方人間」（the ten thousand beings）——這完全取決於翻譯者的品味與想像。

我想，我們或許可以接受僅僅把整個世界預估為一萬大小的保守估計。當然這個世界絕對有一萬隻以上的螞蟻，一萬個以上的人類，一萬個以上的希望、恐懼與夢魘。不過只要我們接受一萬這個數目，如果我們都能了解所有的隱喻都是建立在兩個不同事物的連結之上，如此一來，只要我們有時間的話，我們幾乎就可以創造出許許多多數也數不盡的隱喻。我已經忘記我學過的代數了，不過我知道這個總數應該是一萬乘上九千九百九十九，再乘上九千九百九十八，再以此類推乘下去。這些可能的組合當然不是真的無窮無盡，不過這些組合變化卻能激發出我們的想像。所以我們可能會先這麼想：究竟為什麼全世界的詩人，還有歷代以來的詩人，都只會運用這些雷同並且制式的隱喻呢？不是還有許多可能的排列組合可以運用嗎？

阿根廷詩人盧貢內斯[1]大概在一九〇九年寫道，他認為詩人總是只會引用那些一成不變的隱喻，而他自己就想嘗試一下，發明幾個跟月亮有關的隱喻。事實上，他也真的想了好幾百個跟月亮有關的隱喻。他也曾在一本名為《感傷的月曆》[①]詩集的序言裡說過，每一個字都是死去的隱喻。當然啦，連這句陳述本身都是個隱喻。我們也都知道，有些隱喻死氣沉沉，不過有的就活力十足了。我們如果查閱一本好的字源字典的話（我想到了一位沒沒無聞的老朋友，史基德博士[②]），查閱任何一個字，都一定會找到一個在某個地方就已經卡死的隱喻。

比方說——在《貝奧武夫》開頭的第一句你就可以找到這一個字——*preat*這個字原本的意思是「憤怒的群眾」（an angry mob），不過我們現在使用這個字的時候是採用它後來演變出來的意思，而不是最初的意思。接著我們會看到「國王」（king）這個字。「國王」這個字最原始的字根是*cyning*，意思是「為同胞、為百姓挺身而出的人」。所以，從字源上來說，「國王」（king）、「親戚」（kinsman），以及「男士」（gentleman）這幾個字都是同樣的字。不過，如果我說「國王就在他的帳房裡頭數著他的錢」，我們不會把這個地方的「國王」當成是個隱喻。事實上，如果我們深入地抽象思考的話，還必須得拋棄文字也都是隱喻的觀念。比如說我們就得忘記「考慮」（consider）這個字有天文學方面的暗示——「考慮」原本的意思是「與星星同在」或是「繪製占星圖」。

我應該這麼說，隱喻重要的是產生的效果，也就是要讓讀者或是聽眾把隱喻當隱喻看的效果。我必須要稍微限定一下我今天的演講範圍，我要講的是那些被讀者當成隱喻看待的隱喻。而不是「國王」、「威脅」那些字源上的隱喻——因為如果我們繼續鑽研這些字的字源的話，這一追究下去就沒完沒了。

首先，我要先舉幾個慣用的比喻模式。我選用「模式」（pattern）這個字的用意是，因為我即將採用的隱喻跟大家想像中的一定很不一樣，不過對於會用邏輯思考的人來說，卻幾乎是換湯不換藥。所以我們或許可以說這些隱喻其實是半斤八兩吧！就讓我談談我腦子裡第一個想到的隱喻吧。我們先談談一個老套的隱喻，這大概也是最悠久的隱喻，那就是把眼睛比喻成星星，或者是反過來把星星比擬成眼睛的隱喻。我所想到的一個最早引用這個隱喻的來源是希臘作品選[3]，我想這個比喻應該是柏拉圖所寫的。我不懂希臘文，不過這句話大概是這麼說的：「我希望化為夜晚，這樣我才能用數千隻的眼睛看著你入睡。」當然，我們在這一句話裡感受到了溫柔的愛意；感受到希望由許多個角度同時注視摯愛的人的希望。我們感受到了文字背後的溫柔。

我們再來列舉另外一個例子，這個例子就比較沒那麼有名了：「天上的星星正往下看。」不過如果我們仔細推敲思考的話，我們所得到的隱喻其實還是同樣的。不過這兩個隱喻留給我們的印象就很不一樣了。「天上的星星正往下看」這句話並不會讓我們感受到溫柔；相反的，這個比喻留給我們的印象是男人一代接著一代辛勤地勞做，以及滿天星空傲慢冷漠地注視。

讓我再舉另一個不同的例子吧——這是一節最能振奮我的一首詩。這幾行詩取自於卻斯特頓所寫的一首名為〈第二個童年〉的詩：

我不會活到老得看不見壯闊夜色升空，
天邊有一片比世界還大的雲
還有一個由眼睛組成的怪獸。④

我說的不是長滿眼睛的怪獸（讀過《聖經．啟示錄》的人都知道這種怪獸）——這裡的怪獸更恐怖——是一種由眼睛組成的怪獸，眼睛就好像是組成這些怪獸的生理組織。

我們已經看過三種同出一轍的意象。不過我要強調的重點是——這是我這次演講兩大重點之一——雖然這些比喻都很雷同，不過在我的第一個例子裡，這位希臘詩人說「我希望化為夜晚」，詩人要我們感受的是他的溫柔還有他的焦慮；在第二個例子中，我們感覺到我們看到一種對人類超凡的冷淡；在第三個例子裡，稀鬆平常的夜晚也可能會變成夢魘。

讓我們再列舉另外一個不同的典型吧：我們來討論時光流逝的觀念吧——就是把時光的流逝比喻成河流這樣的觀念。第一個例子取自丁尼生[2]大概在十三、四歲寫的詩。他後來毀掉了這首詩；不過很幸運地，其中一行詩還是流傳下來。我想你們大概可以在安德魯．蘭⑤所寫的丁尼生傳記中找到這段典故。這行詩是這麼說的：「時光在深夜中流逝。」（Time flowing in the middle of the night.）我覺得丁尼生在時間點的選擇上非常聰明。世界萬物都在夜色中沉靜了下來，人們也都還睡夢方酣，不過時間卻依然無聲無息地流逝。這是一個例子。

有一本小說叫做《流水年華》⑥，我想各位大概也已經想到這本書了。單單把這兩個字擺在一起就可以點出當中的隱喻：時光與流水，兩者都是會流逝的。接下來我要舉的例子是一位希臘哲學家的名言：「沒有人能夠把腳放進同樣的水中兩次。」⑦我們開始在這句話裡感受到恐懼，因為我們一開始會先想到源源不斷的河流，而且也想到了每一滴河水都不一樣。然後我們會想到，我們就是那河流，我們就像是那河流一般地一去不回頭。

我們來看看曼雷克[3]的這幾行詩：

我們的生命宛如那流水
流入那大海
了然無生氣。⑧

這幾句詩翻成英文並不令人驚豔；我很希望我能記得住朗費羅[4]是怎樣把這個概念在他翻譯〈曼雷克之聖杯〉（*Coplas de Manrique*）⑨一詩運用出來（我們大概還要另外辦一場演講才能夠把這個問題說清楚）。不過，在這個公式化的隱喻背後，我們當然還是感受到了文字莊嚴肅穆的音韻：

生命如流水，自由奔放
潛入那深不可測、無邊無際的海洋，
這是座寂靜的墳哪！
所有人間的浮華虛榮都在這裡
澎湃洶湧，也都將被吞沒，消弭
在這黑暗的波濤中。

不過在這幾個例子當中，這個隱喻幾乎還是一模一樣的。現在我們還要討論一些老掉牙的東西，一些大概會讓你發笑的東西；這就是把女人比喻成花朵，以及把花朵比喻成女人的暗喻。當然，我們可以輕而易舉地找到許多這樣的例子。不過我這裡想要援引的是一部未完成的大師作品（各位對這部作品或許就不大熟悉了），這首詩就是羅伯·路易斯·史蒂文生[5]所寫的《赫米斯頓的韋爾》（*Weir of Hermiston*）。史蒂文生提到他的故事主角到了一所位於蘇格蘭的教堂，他在那裡邂逅一位女孩——我們都預料到這位女孩一定是一位可愛的女孩。我們大概也都猜到這個男孩就要愛上這位女孩了。他注視著她，然後在心中想著，在這美麗的外表下會不會也有著一顆不朽的心靈呢，或者這個女孩只不過是貌如花嬌的畜生罷了。當然了，「畜生」（animal）這樣一個粗魯的字眼會被「貌如花嬌」（the color of flowers）這樣的形容詞所破解。我不覺得我們還需要列舉其他同樣類型的比喻來作說明，這樣的例子在所有的時代，在所有的語言，以及在所有的文學作品裡頭都可以找得到。

現在就讓我們再來討論另外一個經典的比喻類型：這就是人生如夢這樣的隱喻模式——也就是常在我們心中湧現人生宛如一場夢的感受。我們最常碰到的例子就是：「我們的本質也如夢一般。」（We are such stuff as dreams are made on.）[10]雖然我這樣說好像是在褻瀆莎士比亞——我太熱愛莎士比亞了，我才不管別人怎麼想呢——不過我卻覺得如果我們再仔細瞧瞧這個地方，在人生如夢或是人生有夢的這種說法，或者像是「我們的本質也如夢一般」總總諸如此類聲勢驚人的說法當中，這其中似乎有著一點小小的矛盾（不過我卻也不認為我們需要這麼深入地檢視這個句子；我還應該感謝莎士比亞在這個句子以及其他作品當中展現的天賦呢）。不過如果我們真的是在做夢的話，或是如果我們只不過是成天做著白日夢，我很懷疑我們還會不會做出如此聲勢驚人的陳述了。莎士比亞的這一句名言其實不該屬於詩的範疇，而應該屬於哲學或是形而上學了——即使從上下文來看，這句話也足以提升到詩歌的層次了。

另外一個同樣模式的比喻來自一位偉大的德國詩人——這是一位才氣不及莎翁的小詩人。（不過，我覺得大概除了兩三個大師之外，所有的詩人在莎翁面前也都只能算是小詩人而已。）這是由華勒・凡・德・福格威德[6]所寫的一句名言。我很懷疑我中學時學的德文還剩下多少，各位請見諒，我想這句話應該是這麼說的吧：「我是夢到了我的人生，抑或這就已經是真實的人生了呢？」[11]我認為這句話是比較接近詩人真正要說的話，因為在這樣驚人的名言背後，我們還是有個疑問的。詩人不斷地在思考。這樣的經驗都曾發生在我們身上，只不過我們沒有像福格威德這樣子把話說出來而已。他在捫心自問：「我是夢到了我的人生，還是這就已經是真實的人生了呢？」我認為，這樣的遲疑更增添了這句話當中夢幻般的人生特質。

我不記得在上次的演講中我是不是引用過中國哲學家莊子的名言（因為這是一句我

經常引用的名言，我一輩子都在引用這一句話）。莊子夢到了他幻化成蝴蝶，不過在他醒過來之後，他反而搞不清楚是他做了一個夢到自己變成蝴蝶的夢，還是他自己是一隻夢到自己幻化成人的一隻蝴蝶呢？[7]這樣子的一個比喻是我覺得最棒的一個了。首先，這個比喻從一個夢談起，所以接下來當他從夢中醒來之後，他的人生還是有著夢幻般的成分在。其次，他幾乎是懷著不可思議的興奮選擇了正確的動物作為隱喻。如果他換成這樣說：「莊子夢虎，夢中他成了一頭老虎。」這樣的比喻就沒有什麼寓意可言了。蝴蝶有種優雅、稍縱即逝的特質。如果人生真的是一場夢，那麼用來暗示的最佳比喻就是蝴蝶，而不是老虎。如果莊子夢到了自己成了一臺打字機，這樣的比喻一樣不太好。或是成了一頭鯨魚——**這樣的比喻**一樣不好。我認為莊子在選擇表達觀念的措詞上是挑選到一個最適當的字彙了。

我們再來討論另外一個典型吧——這就是最常把睡眠跟死亡連結在一起的比喻。這種說法即使在平日的對話當中也常常見得到；不過如果我們硬要找出幾個例子的話，還是會覺得這些例子仍有很大的差別。我記得荷馬不曉得在什麼地方曾經說過：「鋼鐵般沉睡的死亡。」（iron sleep of death）[⑫]他在這個句子裡給了我們兩個相反的觀念；死亡即是永眠，不過這樣的長眠是由一種堅硬、冷酷、殘忍的金屬——鋼鐵所構成的。這是一種打不破也碎不了的長眠。當然，海涅[8]也曾說過：「死亡猶如夜幕初垂。」（Der Tod daß ist die frühe Nacht.）不過既然我們現在就在北波士頓演講，我想我們必定都記得羅伯・佛洛斯特[9]這首大家都耳熟能詳的名詩：

這裡的樹林是如此可愛、深邃又深遠，
不過我還有未了的承諾要實現，
在我入睡之前還有幾哩路要趕，
在我入睡之前還有幾哩路要趕。⑬

這幾行詩寫得實在太棒了，好到幾乎不會讓我們想到詩中使用的技巧。不過，很不幸的是，所有的文學都是由種種技巧所構成的。長時間下來，這些詭計都會被識破。接著讀者便會感到厭煩。不過在這首詩中，技巧的使用是如此精緻，我都覺得如果硬把這樣的手法稱之為技巧的話，那麼我都要為自己感到羞愧了。因為佛洛斯特在這首詩當中相當大膽地嘗試了一些技巧。這首詩最後兩行的每一個字都一模一樣，整整重複了兩次，不過我們在這兩句話的體驗卻是完全不一樣。「在我入睡之前還有好幾哩路要趕」：這僅是物理層次上的感受——這邊的里程是空間上的里程，是在新英格蘭的一段路程，而這裡的睡眠說的也真的就是睡眠。這句話第二次出現的時候——「在我入睡之前還有好幾哩路要趕」——我們會感覺到這邊的里程已經不只是空間上的里程而已，也是指時間上的里程，而這邊的「睡眠」也就有了「死亡」或是「長眠」的意味了。不過果真詩人嘮嘮叨叨地說了這麼多的話，詩的效果一定會大大地減低。因為，就我所知，暗示比任何一句平鋪直敘的話都還要來得有效力。或許人們心中總是有點不愛聽人訓話的傾向吧！記得愛默生就講過：爭論並無法說服任何人。其原因就在於你一開始就擺明著要爭論的態勢了。然後我們又常會再三檢視、再三評量，我們會把事情從頭到尾都看過，然後才決定要怎樣來爭論。

有些事如果只是一語帶過的話——或者更棒的是——用暗示的，我們的想像空間就比較能夠接受了。我們可以接受這樣的觀念。我記得在三十年前我讀過馬丁．布貝爾[10]的作品——我認為這些詩都是相當優秀的作品。接著我又到布宜諾斯艾利斯去，也讀了我一位朋友杜喬芬[14]的書，讓我相當訝異的是，我在他的書中發現到馬丁．布貝爾竟然也是一位哲學家，而所有他的哲學思考其實都已經蘊藏在那幾本我讀過的詩集裡。我會接受這些書的原因，或許就是因為這些想法都是透過詩篇傳達給我，或是透過暗示，透過詩的音樂，而不是透過爭論而來。我想在華特．惠特曼[11]的有些作品中也可以找到類似的說法：一種理論反而不具說服力。我想他大概是在一篇談及他看見一片夜色，觀看寂寥的幾顆大星星的時候談到了這點，這種情況比起單單的爭論還更具說服力。

我們也許也可以找到其他比喻的模式。讓我們再舉另外一個例子吧！這個例子大概就不像其他我舉的例子那麼稀鬆平常，是有關戰爭與火的比喻。在《伊里亞德》中，我們找到了戰爭如戰火的比喻。在費尼斯堡[15]幾段描述英勇事蹟的殘篇中我們也可以找到雷同的說法。我們在這些殘篇中找到了丹麥人英勇奮戰北荷蘭人的事蹟，談到武器蹦出的火花、刀劍與盾牌，以及種種。接著作家又說道，彷彿整個費尼斯堡都起火燃燒，就彷彿是整座芬蘭城都起火燃燒一樣。

我想我還遺漏了許多極為普通的比喻模式。目前為止我已經介紹過眼睛與星星，女人與花朵，時間與河流，生命與夢，死亡與睡眠，火與戰火。如果我們有充分的時間，學識也夠淵博的話，我大概還可以再找到其他半打以上的例子，不過我方才舉過的例子大概就已經涵蓋大部分文學作品的隱喻了。

我的重點不在於這些隱喻類型為數不多，重要的是，光是這幾個隱喻模式幾乎就已經足夠演變出無窮無盡的變化。有些讀者的心中只關心詩而不在乎詩學理論，他們可能會讀到「我希望幻化為夜晚」這樣的詩，比如說他可能還會接著讀到「由眼睛組成的怪獸」或者是「天上的星空往下注視」等等詩句，卻可能從來都沒想過這幾句詩其實都可以追溯到同樣的一個模式。如果大膽一點地假設，我當然也可以說，比喻的模式實際上只有十幾個而已，而所有的比喻也只不過是任意變換的文字遊戲而已（不過我並不會如此膽大妄為；我的思考其實是相當謹慎的，我一直都在摸索自己的路）。這一點也可以強化我剛剛說過的論點，也就是中國人所說的，在「十方世界」當中，也只找得到十幾個根本的原則而已。當然了，你永遠都可以找到其他更為驚人的組合變化，不過這樣的驚奇通常也都不會延續太久。

我想到我剛剛還遺漏了一則關於人生如夢的比喻，這個比喻很棒。我想我現在想起來了：這是一首美國詩人康明斯[12]所寫的詩。這首詩只有四行。我首先一定要先為此致歉。這首詩很明顯的是一個年輕人寫的，詩描寫的對象也是一個年輕人，像這樣的詩就不是為我這種人寫的了——我已經太老了，玩不起這樣的遊戲。這首詩的段落一定要完完整整地引用出來。第一行是這麼說的：「上帝猙獰的面容，比起湯匙還要閃亮。」我很遺憾他在這裡會用湯匙來比喻，因為大家都期待他會先引用劍、蠟燭、太陽，或是盾牌，或者是其他任何傳統上大家想到會閃亮發光的東西；不過他接著說道：「喔——畢竟我已經是現代人了，所以我是用湯匙來吃飯的。」所以他在這裡就採用湯匙來比喻了。但是我們對他接下來說的話大概就要見諒了：「上帝猙獰的面孔，比起湯匙還要閃亮，／綜合了一個毀滅性字眼的意象。」我覺得第二行詩寫得比較好。就像是我的朋友墨其森（Murchison）告訴過我的，我們從湯匙當中常常可以找到許多的意象。我從來都沒思考過他這句話，我已經被湯匙這個意象嚇了一大跳，也不願意再想太多了。

上帝猙獰的面容，比起湯匙還要閃亮，
綜合了一個毀滅性字眼的意象，
因此我的生命（就像是那太陽與月亮）

> 也就模仿著一些從未發生過的事項。⑯

「模仿著一些從未發生過的事項」：這句話承擔了一種怪異的單純。我覺得，就是這種怪異的單純意境才能帶給我們夢幻般的生命本質。比起其他像是莎士比亞與華勒·凡·德·福格威德這樣的大詩人，這種意境更能夠傳達出這樣的意義。

當然了，我也只挑選了少數幾個例子。我很確定各位的腦海中一定裝滿了從記憶寶庫挖掘出來的比喻——這些大概也都是一些大家可能會希望我引用的比喻。我知道在這場演講之後我的心中一定會充滿懊悔，我會想到我已經錯失了許多美麗的比喻。當然你也會在我身邊提醒我，「為什麼你會省略掉像是某某某這麼棒的比喻呢？」然後我到那時又得要笨頭笨腦地跟各位道歉了。

不過，我想我們現在或許可以談談那些跳脫老模式的比喻了。而且既然提到了月亮，我就要談談波斯人對月亮的一個比喻，這個比喻是我從布朗（Brown）所撰寫的波斯文學史讀來的。我們就假設這是法瑞·阿丁·阿塔爾[13]、歐瑪爾·海亞姆、哈菲茲[14]⑰或是其他偉大的波斯詩人所說過的話吧。他談到了月亮，他把月亮稱呼為「時光的鏡子」

（the mirror of time）。從天文學的角度來看，我猜把月亮當成是一面鏡子大概會是一個理所當然的想法吧——不過從詩人的角度看來，月亮跟鏡子卻八竿子也打不著。月亮究竟是不是一面鏡子其實一點都不重要，因為詩人說話的對象是他的想像。那麼就讓我們把月亮當作鏡子看吧。我覺得這是一個相當不錯的比喻——首先，鏡子的意象帶給我們月亮光亮卻又脆弱的感覺；其次，我們在想到時間的時候也會突然憶及，現在所欣賞的這輪明月是相當古老的，充滿了詩意與神話典故，而且幾乎跟時間一樣的古老。

既然我引用了「跟時間一樣古老」這樣的句子，我必須還要援引另外一句話——這句話大概已經在你腦海中沸騰了。我已經想不起來作者的名字了。我記得這個比喻是從吉普林一本名為《四海之涯》（*From Sea to Sea*）這本不太為人所知的書當中所引用過的：「一座如玫瑰紅豔的城市，已經有時間一半久遠。」如果詩人所寫的是「一座如玫瑰紅豔的城市，跟時間一樣久遠」，這種話他大概說了也是白說。不過「有時間一半久遠」[18]就給我們如同魔幻般那樣的準確度了——這句話跟一句奇怪卻又常見的英文擁有同樣魔術般的準確，「我要永遠愛你又多一天」（forever and ady）。「永遠」已經意味著「一段相當漫長的時間」了，不過這樣的說法實在是太過抽象，不太能夠激發大家的想像空間。

我們在這裡看到的技巧（請原諒我採用這樣的措詞），跟《一千零一夜》這本世界名著採用的是同樣的技巧。原因是「一千夜」原本就已經意味著「許多個夜晚」了，即使是「四十」在十七世紀的時候也已經用來象徵「許多」了。莎士比亞[19]亦寫過「四十個冬天圍攻你的容顏。」我也想到了在一般的英文表達方式裡，「眨四十次眼」就意味著「打盹」。因為在這裡「四十」就已經代表了「許多」。在這裡我們看到的是「一千零一夜」——類似於「玫塊紅的城市」與精密計算如「像時間的一半地那麼悠久」這樣的表達方式，這樣的表達方式當然會使得時間感覺起來更久。

為了要能夠兼顧到不同的比喻類型，我現在要回歸到我最摯愛的盎格魯薩克遜文學——你大概會說我已經別無選擇了吧！我記得最常見的一個**比喻複合詞**（kenning）[20]就是把大海稱為「巨鯨之路」（the whale road）的說法。我在想這位不知名的薩克遜人在發明這個比喻複合詞的時候，到底曉不曉得他這個發明有多麼棒。我在想他是否也感受到，鯨魚龐大的身軀其實也就暗示了大海的無涯（不過他有沒有感受到跟我們也幾乎沒有什麼關係）。

還有另外一個比喻——一個挪威文的比喻，是有關血的。有一個常見的比喻複合詞是把血比喻為「蛇之水」（the water of the serpent），在這個比喻中你會看到把刀劍比喻成本質邪惡的生命——我們在薩克遜人身上也發現了同樣的比喻——刀劍嗜血，喝血就像喝白開水那樣地貪婪。

接下來我們要討論的是一個有關戰爭的比喻。其中有些地方還是相當老套——比方說，「男人間的聚會」（meeting of men）就是一個例子。不過從這裡頭也許找得到一些不錯的比喻：像是把男人集合起來相互殘殺的點子（這就好像是沒有其他「聚會」形式的可能了）。不過我們也可以找得到「刀劍相會」、「刀劍互舞」、「盔甲碰撞」、「盾牌擦撞」等等的例子。所有這樣的比喻全都可以在布南堡（Brunanburh）之「賦」（Ode）當中找得到。這裡還有一個不錯的比喻：「憤怒之聚會」（a meeting of anger）。或許是當我們想到聚會的時候，通常都會想到朋友與弟兄間的情誼，這裡的比喻反而讓人印象深刻；接下來我要講的是一個鮮明的對比，一種憤怒的交會。

不過我應該還要說，這些比喻跟挪威文與愛爾蘭文裡頭一些關於戰爭的比喻相比，真的不算什麼——奇怪得很吧！他們把戰爭稱之為「男人間的陣式」（the Web of men）

呢！想一想在中古時期戰爭中部隊排列的陣式，在這裡使用「陣式」（web）這個字眼實在是太棒了：我們看到了劍陣、盾牌，也看到了不同的武器間交錯排列的陣容。同時，交手陣容雙方的陣式都是由活生生的生命所構成，這樣的概念更是使得這個比喻充滿了惡夢般的質感。「男人間的陣式」：這是一群在垂死邊緣相互殘殺的男人所構築成的網絡。

我突然想到了一個出自於貢戈拉[15]的一個比喻，這個比喻跟「男人間的陣式」這樣的說法相當地類似。他談到了一位深入「蠻荒村落」的旅客；而村民卻引來了「一繩串的狗」（a rope of dogs）包圍這位旅客。

宛如精心的計謀
一座蠻荒村落
一繩串的狗
團團圍住外來客。

奇怪的很，我們在這裡得到的竟然是同樣的意象：也就是由活生生的生物所構成的繩子或網子的意象。即使是這些看起來像是同義詞的例子，當中還是有很大的差別。「一繩串的狗」這個意象有點怪誕，而「男人間的陣式」這個詞也有點恐怖。

總而言之，我還要列舉一個比喻，或者說是一個對比吧（畢竟我不是教授，我也不太需要去煩惱這兩者之間的差別），這首詩是拜倫[16]寫的，不過現在很多人都已經忘了這首詩了。在我還是小孩子的時候就讀過這首詩，我想你們大概也都在很小的時候就讀過了吧。不過我在兩三天前才突然發覺到，這首詩的隱喻其實是相當複雜的。我從來都不認為拜倫的作品會這麼複雜。你們一定也都知道這首詩：「她優美的走著，就像夜色一樣。」（She walks in beauty, like the night.）[21]這句話是如此的完美，以至於我們都把這句話視為理所當然。我們想著，「好吧，只要我們想寫的話，我們都可以寫出這樣的詩句。」不過卻只有拜倫寫下了這樣的句子。

我現在要來分析隱藏在這句話裡錯綜複雜的祕密。我想你們也都知道我現在要告訴你們的是什麼了（這會讓你們感到訝異嗎？不會的。我們只有在閱讀偵探小說的時候才會覺得驚訝。）：「她優美的走著，就像夜色一樣。」首先，我們看到了一位美麗的女人；接著我們得知這個女人走得很美。這個意象多少都暗示了我們在法文裡類似的稱讚——有點像是「你真美」（vous êtes en beauté）這樣子的話。不過，我們得到的卻是：「她優美的走著，就像夜色一樣。」我們馬上就得到一個美麗的女人，一位可愛的女士的意象，而這個意象跟夜晚也有了連結。不過為了要能夠了解這行詩，我們也要把夜晚想像成女人才行；如果沒有這個連結的話，這句話就毫無意義了。因此在這幾個非常簡單的字裡頭，就有了雙重的意象：女人跟夜晚有了連結，不過夜晚也跟女人連結了起來。我不知道也不在乎究竟拜倫知不知道這點。我在想的是，如果拜倫早就知道的話，那麼這首詩就很難寫得這麼好了。拜倫大概在過世前才發現這點，或者是有人跟他點明這一點吧。

我們現在要進入這場演講兩個最明顯也最重要的結論了。當然啦，第一個結論就是，雖然我們已經有了上百種的比喻，而且一定也可以再找出另外上千種的比喻，不過這些比喻其實都可以回溯到幾個最簡單的形態。不過我們一點也毋須為此感到苦惱，因為每一個比喻都是不一樣的：每次有人引用這些模式的時候，每次的變化都不一樣。第二個結論則是，有些比喻並無法追溯回我們既定的模式——比如說是「男人間的陣式」

或是「巨鯨之路」這樣的比喻。

所以我認為，運用事物的外表來作比喻是一種很好的方式——儘管在我演講之後我還是如此認為。因為，如果我們願意的話，我們也可在幾個主要的比喻模式上寫出新的變化。這些變化是很美的，而且也只有極少數的批評家會像我一樣如此不厭其煩的提醒你：「喏，你在這裡又用了眼睛跟星星的比喻，在那邊你又再引用時間跟河流的比喻。」比喻可以激發我們的想像。不過這場演講或許也給了我們一些啟示——為什麼我們不這麼想呢？——我們或許也可以從中得到啟示，進而發明出不屬於既定模式，或是還不屬於既定模式的比喻呢！

1 盧貢內斯（Leopoldo Lugones, 1874-1938），阿根廷詩人、文學評論家。是尼加拉瓜詩人達里奧為首的現代主義實驗詩人集團中的活躍成員，擅用現實主義風格創作民族題材。

2 丁尼生（Lord Alfred Tennyson, 1809-1892），英國維多利亞時代最傑出的詩人之一。為詩開闊莊嚴、用詞確切、聲韻和諧。〈尤利西斯〉與〈悼念〉為其代表作。

3 曼雷克（Jorge Manrique, 1440-1479），西班牙詩人，部分作品被編為《詩歌全集》。

4 朗費羅（Henry Wadsworth Longfellow, 1807-1882），十九世紀最著名的美國詩人，翻譯作品非常流暢，譯過但丁的《神曲》。其代表作為〈生命頌〉與〈群星之光〉。

5 羅伯・路易斯・史蒂文生（Robert Louis Stevenson, 1850-1894），英國著名之冒險故事與散文作家，作品種類繁多、構思精巧。其代表作為《金銀島》、《變身怪醫》。

6 華勒・凡・德・福格威德（Walther von der Vogelweide, 約1170-1230），最偉大的中世紀德國抒情詩人，宮廷騎士愛情詩的主要代表人物之一，亦著有大量的政治詩與宗教詩。

7 此典故出自《莊子・齊物論》，原文為「不知周之夢為蝴蝶與？蝴蝶之夢為周與？」

8 海涅（Heinrich Heine, 1797-1856），德國詩人，其聲譽主要建立在他的《歌集》。為十九世紀全歐洲文學最著名的愛情詩人。

9 羅伯．佛洛斯特（Robert Frost, 1874-1963），美國詩人，作品中充滿了大量對宗教與大自然的思考，富有神祕色彩。主張在詩中以普通人的口語抒發感情。波赫士在演講中提到他在北波士頓演講，所以要順便提到佛洛斯特，其典故乃因佛洛斯特即有一本詩選名為《波士頓以北》。

10 馬丁．布貝爾（Martin Buber, 1878-1965），德國猶太宗教哲學家，《聖經》翻譯家，將全本《聖經》從希伯來文翻譯成德文，並保有原文風格。布氏深受尼采影響，為二十世紀精神文化中最有影響力的人物之一。

11 華特．惠特曼（Walt Whitman, 1819-1892），美國著名詩人，自稱是粗人，宣揚肉體與性愛的美妙，詩歌風格新穎，充滿活力與不加掩飾的個性。其代表作為《草葉集》。

12 康明斯（e. e. Cummings, 1894-1962），美國詩人，善於嘲弄傳統觀念，筆調有時嘻笑怒罵，有時又婉約低迴，並經常使用街頭語言，採取市井的材料創作。

13 法端．阿丁．阿塔爾（Farid al-Din Attar, 1142-1220），波斯詩人，最偉大的回教神祕主義詩人與思想家之一。

14 哈菲茲（Hafiz, 1325-1389），波斯最優秀的抒情詩人之一，其語言簡樸，自然運用熟悉的形象與格言般的措詞，作品頗受歡迎。

15 貢戈拉（Góngora y Argote, Luis de, 1561-1627），西班牙詩人，他的巴洛克式曲折風格被稱為貢戈拉主義，模仿者通稱為貢戈拉派，即誇飾主義。誇飾主義是一個使作品風格拉丁化的運動，自十五世紀以來即為西班牙詩歌的一個組成部分。

16　拜倫（Lord Byron, 1788-1824），英國浪漫派詩人，他的名字是最深刻的浪漫主義文學象徵，也是追求政治自由的象徵，作品富有諷刺的機智風格。

第三講　說故事

The Telling of the Tale

辭義上的區分應當要很受重視才對，因為它們也代表了心理上的——以及知識上的區分。不過我們還是感到很遺憾，「詩人」這個字眼早就已經一分為二了。現在一談到詩人這個字眼，我們只會想到吟誦詩詞的文人，只會想到一些文謅謅的詩詞，像是「大海在船隻的映照下遠近散落一地，／就像是天空中的星星一樣。」（華茲華斯）①，或者像是「你的聲音如音樂，你聽音樂何以如此悽愴？」②不過，古人在談論到詩人的時候——詩人那時有「創造者」（maker）的意思——他們可不只是把詩人當成咬文嚼字的文人騷客，也把他們當成了說故事的人（the teller of a tale）。這些故事在所有人類的敘述形態中都找得到——不只在抒情的作品中，在敘述慾望、抒發愁緒的作品當中，甚至在滿懷英勇忠烈或是充滿希望的敘述中都可以找得到。我這麼說的意思是，我待會要演說的是最古老的詩歌形態：也就是史詩。讓我們先來回想一下幾篇史詩。

或許我們第一個想到的例子就是安德魯·蘭[1]所翻譯的《特洛伊城的故事》（*The Tale of Troy*），這本書翻譯得相當棒。我們將要檢視古老的說故事方法。我們在第一行就可以看到這樣的句子：「繆斯女神，告訴我阿基里斯的憤怒吧！」或者像是若斯教授所翻譯的，我想他是這麼翻譯的：「一個憤怒的男人——這就是我的主題。」或許荷馬，③或是那個我們叫做荷馬的人（當然這個問題已經是個千古大哉問了）[2]，想的是他在作詩描寫一個憤怒的男人，這樣子就夠我們傷透腦筋了。我們想到的憤怒跟拉丁人想到的是一樣的：ira furor brevis——憤怒是短暫的瘋狂，是一段瘋狂狀態。說真的，《伊里亞德》[3]本身的情節並不怎麼吸引人——全書的大綱就是說一個英雄悶悶不樂地待在帳篷內，悻悻然地覺得國王待他不公，接著他的朋友慘遭殺害，他也因為個人私怨而發動戰爭，接下來就是他把在戰場上殺死的敵人屍體賣給敵人的父親。

不過，詩人的目的或許並不是那麼重要（我好像以前就說過這樣的話了；我確定我說過）。現在看來重要的是，荷馬或許想的是他正在訴說這個故事，他也的確把故事說得非常非常好：這是一個大英雄的故事，他在攻打一座他永遠都無法征服的城市，而他也知道他在攻下城池之前將會命喪沙場；另一方面我們看到的是一個更淒慘的故事，這是一位堅守城池的英雄，大家早就知道他的命運了，而這座城池也早就已經烽火連天。我認為這才是《伊里亞德》真正的主題。事實上，很多讀者總是覺得特洛伊人才是故事中真正的英雄。我們想到了維吉爾[4]，不過我們或許也想到史諾瑞．史德魯森④，他在年輕的時候就寫過歐丁（Odin）的故事——也就是薩克森人的歐丁，他們的神明——歐丁是普萊姆國王（Priam）的兒子，也就是赫克特大力士的哥哥。大家總是想要跟打敗仗的特洛伊人攀關係，而不是凱旋歸來的希臘人。或許這是因為在失敗中總有一種特有的尊嚴，而這種尊嚴卻鮮少在勝利者身上找得到。

我們再來談談第二首史詩《奧德賽》[5]。閱讀《奧德賽》的方式或許有兩種。我認為寫下這首史詩的男人會覺得這首史詩事實上有兩個故事（或許是像山繆．巴特勒⑤所說的，這個故事其實是女人寫的）：一是尤利西斯的回鄉記，一是在海上的冒險奇遇記。如果我們把《奧德賽》當成是第一個故事的話，我們就會得到回鄉記這樣的主題，也就是說，我們都處於放逐的狀態，我們的家鄉不是在過去就是在天堂，要不就是在天涯某處，反正我們就是回不了家。當然航海與回鄉的歷程就一定要寫得很有趣。所以故事中也加入了許多奇聞軼事。因此當我們在閱讀《天方夜譚》的時候，我們會發現《辛巴達七次航海記》其實就是《奧德賽》的阿拉伯文版本，我們會認為這不是本討論回鄉的故事，反而會覺得這是一個冒險故事；我想我們也都是如此閱讀這本書的。閱讀《奧德賽》的時候，我們感受到的是大海的壯闊與神祕；我們在書中體會到的也就是船員所感受到的感覺。比如說，奧德修斯就無心於女妖豎琴的天籟，無心於妙齡公主應允的婚事，也無心耽溺於女色淫樂中，對於世界之壯大也無動於衷。他只想到那條狹長的鹹水河。因此這兩個故事就合而為一了：我們可以把這個故事當成一齣回鄉記，我們也可以把這個故事當作一則冒險故事來讀——或許這也是人類所寫過、所吟唱過的冒險故事中最棒的一個。

我們現在還要討論第三首「詩」，而這首「詩」的光芒也隱約籠罩在這兩首史詩之上：這也就是「福音書」[6]。其實「福音書」可以有兩種閱讀方式。對信徒來說，「福音書」被當成是古人或是神明救贖人類罪孽的奇聞軼事。神明下凡接受苦難的磨練——就像是莎士比亞所說的[⑥]，他們是為了背負「苦難的十字架」（bitter cross）而死的。我還知道另外一種很奇特的詮釋，這是我在朗藍[⑦]的作品裡頭發現到的：這一種說法就是，如果上帝想要了解人類面對的所有折磨苦難，而如果祂也只是像其他神明一樣，僅止於認知這些苦難，這是不夠的。祂要跟人類一樣親自接受這些苦難的折磨，當然也要跟人類一樣受到同樣的侷限。不過，只要你不是信徒的話（我們在座很多都是），那麼我們就可以用一種全然另類的方式來閱讀這些故事。你可以把這當成是一個天才的故事，這個人認為他自己就是上帝，不過最後他才發現自己也不過是一介凡夫而已，而上帝——他的上帝——卻早已經棄他而去。

或許有人會說，幾個世紀以來，人們對這三個故事早就已經耳熟能詳——也就是特洛伊城、尤利西斯以及耶穌的故事。人們一直都在傳誦這幾個故事；這些故事被譜成了樂曲、入了畫。這幾個故事早已經千古傳誦了，不過，卻還是如此無可限量。你想到的可能是這幾千年，甚至是幾萬年來會有人一再改寫這些故事。不過在「福音書」裡，還是有不一樣的地方：我認為，再也沒有人能夠把耶穌的故事說得更好了。耶穌的故事早就有很多人說過，不過我覺得我們讀過的幾首詩，比如說是耶穌被撒旦誘惑的那幾篇好了，光是這幾首詩就比起四大冊的《樂園復得》還要強得多。還有人覺得搞不好米爾頓[7]連耶穌究竟是什麼樣的人都還搞不清楚狀況呢。

好吧，我們都知道這些故事，我們也都知道其實用不著這麼多的故事。我不認為喬叟[8]曾經想過要發明故事。我不認為古人的創意比起現代人來得遜色。我認為他們覺得只要對這些故事稍加描繪——而且是好好地描繪——這樣子就夠了。此外，同樣的事對詩人來說就簡單多了。詩人的讀者或聽眾對於詩人想要說些什麼都已經了然於胸。所以若是有不同於傳統的地方他們也都能夠察覺得出來。

我們在史詩當中可以找尋到所有的東西——我們應該把「福音書」當成神聖的史詩。不過，就如同我所說的，詩已經一分為二了。也就是說，一方面，我們讀到的是抒情詩與輓歌，不過另一方面，我們有的是說故事的文體——也就是小說了。儘管有約瑟夫．康拉德以及赫曼．梅爾維爾等作家的反對，我們還是很容易把小說當成是史詩的退化。因為小說回歸了史詩的威嚴。

想到小說跟史詩的時候，我們很容易會陷入這樣的思考中，認為這兩者的主要差別在於一個是詩體，而另一個是散文體，一個是用來歌頌，而另外一個是用來陳述事蹟。不過，我認為這當中還有更大的差異存在。這兩者的差異在於史詩所描寫的都是英雄人物——而這個英雄也是所有人類的典型象徵。不過，就如同梅肯[9]所指出的，大部分小說的精髓都在於人物的毀滅，在於角色的墮落。

這種說法又將我們帶入了另一個問題：我們所認定的快樂是什麼呢？我們又是如何看待失敗與勝利呢？現在當大家談到圓滿大結局的時候，大家想到的只是惑騙大家的結局，或者說是比較商業手法的結局；大家都覺得這很矯揉造作。即使大家的心中總是感到一股挫敗的尊嚴，不過幾個世紀以來，仍然殷切期望快樂凱旋的結局。例如說，一旦有人寫到金羊毛的故事（這也是人類最古老的故事之一了），讀者與聽眾會打從一開始就覺得，羊毛最後一定可以找得到的。

不過，如果現在開始嘗試冒險的話，我們也知道這些舉動最後都會失敗。比如說我們讀什麼呢——我來想想一個我喜歡的例子好了——比如說《白楊紙》（*The Aspern Papers*）⑧好了，我們都知道這些紙最後一定都找不到。我們讀到法蘭茲．卡夫卡的《城堡》[10]的時候，我們也都知道這個人最後還是進不了這座城堡。也就是說，我們不能夠真的完全相信快樂與成功的結局。或許這就是我們時代的悲哀吧！我想卡夫卡在想到要毀掉這本書的時候一定也是這麼想的吧：他其實是想要寫下一本既快樂又能振奮人心的書，不過他就是覺得辦不到。當然啦，就算他真的寫了這樣的一本書，大家也不會覺得他講的是實話。這不是事實的真相，而是他夢境的真相。

在十八世紀末或是十九世紀初，就這麼假定吧（我們不需要真的研究起確切的日期），人類開始會掰故事。或許有人會認為這股風潮是霍桑以及埃德加．愛倫．坡開頭帶動的，不過任何事情總是會有先驅。同儒本．達里奧[11]所指出的，沒有人是文學上的亞當。也正如愛倫．坡提過的，整篇故事應該是為了最後一句話而創作，而整首詩歌也是為了最後一行而寫。這樣子的寫作原則最後可能會落入在故事中耍花樣的模式，而且十九、二十世紀的作家也幾乎早就已經開發出所有的故事情節了。這些情節有的相當精彩。如果單單就說故事而言，這些情節比起史詩的情節還要精彩呢！不過，我們總是會覺得這些情節還是有點矯揉造作了些——或者這麼說吧，這樣的情節總是比較微不足道。舉兩個例子來比較——讓我們拿《變身怪醫》[12]以及《驚魂記》[13]這兩個故事來比較吧——或許《驚魂記》的故事比較精彩，不過我們還是會覺得史蒂文生的變身怪醫比較令人意猶未盡。

想一下我在演講一開始就說過的，故事的情節只有少數幾種類型：也許我們應該講的是，這些故事之所以有趣在於故事情節之間的轉換與改寫，而不在於故事情節本身。我想到的是像《天方夜譚》以及《歐蘭朵的狂怒》[14]這樣子的書。或許有人會加上邪惡的寶藏等等情節，於是我們就得到像《佛桑加傳奇》[⑨]這樣的故事，或是《貝奧武夫》最後一段的情節——就是尋獲的寶藏反而會讓找到寶藏的人變得邪惡。這裡我們又可以回到我在上一場演講中所提出的觀念，也就是暗喻的觀念——所有的故事情節其實都出自於少數幾個模式而已。當然了，當代的作家想出了許許多多的點子，我們說不定還會被他們蒙蔽呢。發明的激情也許會靈光乍現，不過我們隨即又會發現，這些許許多多的故事情節其實不過是少數幾個基本模式的表象而已。而這就不是我所要討論的了。

還有一點要提醒大家：有的時候，詩人似乎也忘了，故事的述說才是最基本的部分，而說故事跟吟詩誦詞這兩者之間其實也並非涇渭分明。人可以說故事；也可以把故事唱出來；而聽眾並不會認為他是一心二用，反而會認為他所做的事情都有一體兩面。或許讀者不認為這件事有一體兩面，不過也會把這整件事當成一個完整的整體。

現在來看看我們身處的年代，會發現這個時代正陷於一個奇怪的處境之中：我們已經打過兩次世界大戰，不過竟然還沒有史詩來描述這兩次大戰——或許《智慧七柱》[10][15]算得上是史詩吧！我在《智慧七柱》裡頭發現許多史詩的特質。不過這本書的英雄人物偏偏正好是故事的敘述者，這多少給我們帶來一些困擾。故事主角有時候必須要低調行事，他必須要讓自己看起來像是個凡人，也要希望自己的事蹟能夠取信於人。事實上，他也落入了小說家的圈套當中。

我還讀過一本現在大家都已經遺忘的書，我想我是在一九一五年讀到這本書吧！——書名叫作《炮火》，是亨利・巴比塞[11][16]所寫的。作者本身就是一位反對戰爭的和平主義者；這是一本反戰的書。不過史詩的元素卻貫穿全書（我記得有人曾經指責過這本書描寫戰爭的場面太多了）。另外一位有史詩意識的作家就是吉普林[17]。我們可以從〈閣下的戰爭〉（*A Sahib's War*）這一篇優異的故事中看出來。同樣的，吉普林從來都沒有嘗試寫過十四行詩，因為他認為寫十四行詩會拉大他跟讀者之間的距離。雖然他可能曾經寫過史詩，可是卻從沒有寫完過。我又想到了卻斯特頓，以及他寫過的〈白馬之歌〉（*The Ballad of the White Horse*），這是一首描述艾菲爾國王（King Alfred）大戰丹麥人的作品。我們在這首詩中也可以找到一些很奇怪的比喻（我在想為什麼上次的演講忘了引用這個例子）——比如說「如明月般堅硬的大理石」（marble like solid moonlight）以及「如凍結烈火的金子」（gold like frozen fire），在這兩個例子裡頭，大理石以及金子都被比喻成另外兩個更為基本的東西了⑫。他們被比喻為月光以及烈火——而且不光只是火而已，是魔幻般凍結的火焰。

從某方面說來，人們對於史詩的盼望相當飢渴。我覺得史詩是人們的生活必需品之一。走遍世界各地，也只有好萊塢能夠把史詩般的題材粉飾一番，然後再推銷給全世界（雖然這樣說來有點虎頭蛇尾，不過事實就是如此）。在世界各地都一樣，當人們在觀賞西部片的時候——請注意到對牛仔、沙漠、正義公理、地方警官，以及射擊對決等種種的迷思——不管他們有沒有意識到，我想觀眾從這樣的場面中還是得到了閱讀史詩的感覺。畢竟，知道自己有這樣的感覺並不是很重要。

我並不是要跟各位預言些什麼事情，因為這樣做是很危險的（雖然有時候這些預言的事情在很久以後會成真），不過，我認為如果敘述故事跟吟詩誦詞這兩者能夠再度合而為一的話，這麼一來就有很重大的事情要發生了。或許這樣的事情會在美國發生——因為，就如各位所知，美國在判斷一件事情的時候向來就有從道德上判斷是非的觀念。這種情形在其他國家也有，不過我不認為這種情況在其他國家會像我在美國看到的如此明顯。如果我們可以達到這個境界，如果我們果真能夠回歸史詩，那麼我們就可以完成一些真的很偉大的事情。當卻斯特頓寫下〈白馬之歌〉的時候，這首詩獲得了相當好的評價，不過讀者對這首詩卻不太喜歡。事實上，當我們想到卻斯特頓的時候，想到的是他的布朗神父傳奇[18]，而不是他這首詩。

我其實是在年紀相當大的時候才開始想到這個問題；此外，我不覺得我自己可以嘗試寫史詩（雖然我是寫過短短的兩三行史詩啦）。這是給年輕人做的事情。而且我也希望他們能夠著手去做，因為我們也都深切地感受到小說多少已經在崩解了。想一想本世紀最重要的小說吧——假設是喬伊斯的《尤利西斯》[19]好了。我們讀到幾千件關於這兩個主角的事情，不過我們卻不認識這兩個人。我們對但丁或是莎士比亞作品中的角色知道得還比較多，而這些角色——還有他們生老病死的故事——卻只在短短幾句話裡頭就清楚地呈現在我們眼前。我們並不知道關於他們上千件的瑣事，不過卻好像跟他們很熟。當然了，這比較重要。

我認為小說正在崩解。所有在小說上大膽有趣的實驗——例如時間轉換的觀念、從不同角色口中來敘述的觀念——雖然所有的種種都朝向我們現在的時代演進，不過我們卻也感覺到小說已不復與我們同在了。

不過，有件關於傳奇故事的現象將會永遠持續下去。我不相信人們對於說故事或是聽故事會覺得厭煩。在聽故事的愉悅之餘，如果我們還能夠體驗到詩歌尊嚴高貴的喜悅，那麼有些重要的事情即將發生。或許我是十九世紀的老古板，不過卻是相當樂觀的，我有的是希望；未來可能發生的事情還有很多——就好像所有的事情在未來都可能發生一樣——我認為史詩將會再度大行其道。我相信詩人將再度成為創造者。我的意思是，詩人除了會說故事之外，也會把故事吟唱出來。而且我們再也不會把這當成是風馬牛不相及的兩件事，就如同我們不會覺得這兩件事在荷馬和維吉爾的史詩當中有什麼不一樣的地方。

1 安德魯・蘭（Andrew Lang, 1844-1912），英國作家、學者。生於蘇格蘭，著作等身，重要著作有《神話，文學與宗教》，《荷馬與他的時代》等。以寫童話故事和翻譯荷馬史詩著稱。畢生研究荷馬史詩，所著《荷馬的世界》是一部重要的學術論作。

2 荷馬（Homer），著作《伊里亞德》與《奧德賽》的作者或是編者——亦可能是一群詩人，他的生存時代極難稽考，一般說法是出生於西元前八五〇年，此外的事蹟，便不很可考。希臘有七個城市，都爭說是荷馬的出生地，但都不可考。到了十八世紀末，荷馬是否真的存在，忽然成了問題。有學者提出科學的論據，懷疑荷馬曾做過這兩部史詩。其後學者眾說紛紜，迄今尚無定論。

3 《伊里亞德》（*Iliad*），是敘述希臘和特洛依的戰役與希臘神話。特洛伊王子帕里斯誘拐了斯巴達王后海倫，引起了希臘聯軍與特洛伊人持續十年的戰爭。史詩中的英雄都是勇武善戰，個性鮮明，能言多謀的統帥領袖，是典型的原始時代英雄。史詩規模宏偉，氣勢磅礴，雄渾悲壯，具有陽剛之美。其結構嚴謹，布局巧妙，十年之大戰只著重在最後的四天。該史詩反映了荷馬時代的社會生活與社會意識，是一部古希臘社會的百科全書，也是歐洲文學的源頭。

4 維吉爾（Virgil, B.C. 70-B.C. 19），羅馬最偉大的詩人，他的聲譽主要建立在民族史詩

《埃涅阿斯記》（*Aeneid*），該詩記述了羅馬傳說中建國者的故事，並宣布羅馬具有在神意下指導教化世界的使命，對英國文學亦有深遠的影響。

5 《奧德賽》（*Odyssey*），荷馬史詩《伊里亞德》的姊妹篇。奧德修斯是一位足智多謀，勇敢堅強的英雄，聰明的統帥。寫希臘英雄奧德修斯於特洛伊戰爭後返鄉的種種遭遇，史詩中有諸如獨眼巨人、魔音女妖等奇遇。最後藉著女神幫助，終於在漂流十年後脫險返鄉，與忠貞的妻子重聚。

6 「福音書」（the four, Gospels），為《聖經．新約》的四卷。記述耶穌基督的生平和受難。此四篇福音即為〈馬太福音〉、〈馬可福音〉、〈路加福音〉和〈約翰福音〉。據說分別由馬太、馬可、路加、約翰撰寫。四卷排在新約之首，約佔全書之一半。

7 米爾頓（John Milton, 1608-1674），英國大詩人，其重要性及地位僅次於莎士比亞。以長詩《失樂園》（*Paradise Lost*）聞名於世。《樂園復得》（*Paradise Regained*）為《失樂園》之續篇，其現模不如前者宏大，但語言更加簡樸精練。其中有一段描述撒旦如何在荒野中誘惑耶穌基督。

8 喬叟（Geoffrey Chaucer, 約1342-1400），英國在莎士比亞之前最傑出的作家之一，代表作為《坎特伯利故事集》。該書記錄了三十位朝聖者的朝聖之旅，並且藉朝聖者之口說了二十四個故事，故事的內容與文體各異，並與每一位敘述者的身分相符。

9 梅肯（Henry Louis Mencken, 1880-1956），美國評論者、新聞記者，在整個二〇年代對美國小說產生很大的影響，並且經常利用文學批評的武器抨擊美國的時弊。

10 《城堡》（*The Castle*），為法蘭茲・卡夫卡（Franz Kafka, 1883-1924）的未竟之作。描寫故事主人翁K踏雪走向城堡，去請求當局批准他在附近的一個村莊居留。城堡就近在咫尺，但道路迂迴，K怎麼走就是走不到。

11 儒本・達里奧（Rubén Darío, 1867-1916），尼加拉瓜詩人、新聞工作者和外交家。為十九世紀末拉丁美洲現代主義文學運動的領袖。

12 《變身怪醫》（*The Strange Case of Dr. Jekyll and Mr. Hyde*），為史帝文生的小說，英國十九世紀的作品。故事描述一位備受崇敬的博士紀凱，因沉緬於縮身藥的功能，曾服用他自製的藥劑，一變為醜惡可憎的侏儒，被稱為海德先生。

13 《驚魂記》（*Psycho*），英國恐怖驚悚片導演希區考克（Alfred Hitchcock）一九六〇年作品。該片女主角於浴室被刺殺的表現方式已經成為影史經典。

14 《歐蘭朵的狂怒》（*Orlando Furioso*），為亞立司圖（Lodovico Ariesto, 1474-1533）的敘事詩，義大利文藝復興時代作品，描寫基督教武士與異教武士之間的惡鬥。

15 英國作家勞倫斯（T. E. Lawrence, 1888-1935）的作品。勞倫斯為英國軍人，於第一次世界大戰成功從事間諜活動，被譽為「沙漠梟雄」。其《智慧七柱》（*Seven Pillars of Wisdom*）總結他在阿拉伯人中進行策反的經驗教訓。

16 巴比塞（Henri Barbusse, 1873-1935），法國小說家，曾親身參加第一次世界大戰，以親身經驗寫下《炮火》一書，並以此書或得法國龔古爾獎。巴比塞認為，在作品中應該把戰爭回顧與政治思考結合在一起。

17 吉普林（Rudyard Kipling, 1865-1963），英國小說家、詩人，頌揚大英帝國主義，創作描述駐紮在印度和緬甸的英國士兵的故事和詩。

18 卻斯特頓的布朗神父傳奇（the Father Brown saga, 1911-1935），由五部小說組成的連續小說，描寫貌不驚人的布朗神父如何用其敏銳的直覺，緊緊抓住蛛絲馬跡，深入推理，偵破懸案。布朗神父的形象也成為英國小說史上有名的人物之一。

19 詹姆斯．喬伊斯（James Joyce, 1882-1941），愛爾蘭小說家，生於都柏林。《尤利西斯》於一九二二年出版，為喬伊斯之代表作，全書描寫三位主人翁在都柏林一天內發生的事，全書運用「意識流」手法已達爐火純青之地步。

第四講　文字——字音與翻譯

Word-Music And Translation

為了要能讓各位清楚明瞭的緣故，我要把我的演講限定在詩歌的翻譯上。這是一個小問題，不過卻也是一個牽連甚廣的問題。這個討論將會把我們帶向文字——音韻的關聯性話題（或者該說是文字——魔力的話題），我們也將討論詩歌中文意與文音（sense and sound）的關聯。

許多人普遍抱持著一種迷信，認為所有翻譯的作品都會背棄獨一無二的原著。這種看法在義大利文中的一個雙關字更是表露無遺，「譯者，叛徒也」（Traduttore, traditore），意思就是說，有些事情是說不出來的。既然這個雙關字這麼有名，這句話一定也隱藏了真理的精髓與真理的核心。

我們將要進入一個討論，研商詩歌翻譯的可能性，以及翻譯詩歌的成功機率。依據我個人的習慣，要先從一兩個例子開始著手，因為我不認為有任何一個討論可以在相關例證闕如的情況下進行。而且既然我的記性又不太好，很容易忘東忘西，所以我要挑選一些簡短的例子來作說明。如果要我分析一整個段落，甚至是一整首詩的話，那麼不僅我們的時間不允許，也超出我的能力範圍。

我們就從〈布南堡之賦〉以及丁尼生的翻譯來談起。這首賦於西元十世紀初期完成，寫作的目的就是為了要慶祝威薩克斯人（Wessex）成功擊退都柏林維京人、蘇格蘭人以及威爾斯人的盛事。就讓我們著手深入檢查這首賦當中的一兩行吧。在原著中，我們發現到這句話的意思其實應該是這樣的：sunne up æt morgentid mære tungol。意思就是說，「在早晨時刻中的陽光」或是「在清晨時光中」，接下來是「馳名的星球」或是「巨大的星球」——不過在這裡，把這個字翻譯成「馳名」會是比較好的翻譯（mære tungol）。詩人接著又把太陽稱呼為「上帝手中明亮的蠟燭」（godes candel beorht）。

這首賦先是在丁尼生兒子的手中被改寫成了散文；譯文還在雜誌上刊登過呢。[1]丁尼生的兒子似乎向他老爸解釋了一些古英文詩歌的基本規則——像是節拍、如何使用頭韻而不是押尾韻等等。接著，富有冒險研發精神的丁尼生就著手用現代英文來創作古英文詩歌。值得注意的是，雖然丁尼生的實驗很成功，不過他卻再也沒採用這種方式寫作了。所以如果我們想要從阿佛烈·丁尼生伯爵的作品中找尋出古英文詩歌體裁的創作，找到這一首佳作我們就該很心滿意足了，也正是這首〈布南堡之賦〉。

而原文中這兩句話——「旭陽，那馳名的星球」（the sun, that famous star）以及「太陽，上帝手中明亮的蠟燭」（the sun, the bright candle of God）（godes candel beorht）——

在丁尼生的譯筆中變成了這個樣子：「在晨浪中／第一顆巨大的旭陽星體」（When first the great/Sun-star of morning-tide.）。[2] 我想，像是「在晨浪中一顆巨大的旭陽星體」這樣的詩句一定是相當令人震撼的翻譯吧。跟原文比較起來，這句話還要更像是薩克森人講的話，因為這句話裡面就有兩個日耳曼人慣用的複合字：「太陽—星星」（sun-star）以及「清晨—潮汐」（morning-time）。當然了，雖然我們很容易就可以把「清晨—潮汐」理解為「清晨—時光」（morning-time）的意思，不過我們或許也會覺得丁尼生想要暗示我們，他把清晨的意象比喻成天空的流動。所以我們就在這裡讀到一個非常奇怪的句子：「在晨浪中／第一顆巨大的旭陽星體」。在接下來的句子裡，丁尼生遇到「上帝手中明亮的蠟燭」這樣的句子，而他把這個句子翻譯成「上帝的明燈」（Lamp of the Lord God）。

讓我們再列舉另外一個例子吧。這個句子的翻譯不但無從挑剔，我們還要說這是一個相當好的翻譯呢。這一次要看的是一段由西班牙文翻譯過來的句子。這首偉大的詩叫做〈靈魂的暗夜〉（*Noche oscura del alma, Dark Night of the Soul*），這是在十六世紀時，一位名列西班牙最偉大的詩人所寫的詩——我們甚至可以很放心地說，他是西班牙最偉大的詩人——所有用西班牙文創作的詩人當中最偉大的一位。當然，我所說的就是桑．璜．克魯茲[1]這首詩的第一段是這麼說的：

在一個陰森的夜晚，
激烈的思慕焚燒成愛的熱焰
——喔，這是多麼愉悅的時刻啊！——
沒有人看到我從旁經過
在我的房子裡，一片沉默。③

這一段詩寫得很棒。不過，如果我們把最後一行從整段詩抽離出來，然後單獨審視這一行詩的話（我可以肯定，我們不會獲准這麼做的），這一行詩頓時就變得平淡無奇：「在我的房子裡，一片沉默」（estando ya mi casa sosegada），「我的房子沉默無聲」（when my house was quiet）。在這行詩的最後兩個字「沉靜的房子」（casa sosegada）我們讀到了三個S的嘶嘶聲。sosegada這個字不太會是一個震撼人心的字眼。我並不是在貶抑這首詩。我的用意是要指出，如果單獨閱讀這一行詩，並且把這行詩從上下文中抽離出來的話，這行詩其實是相當平淡無奇的。

這首詩在十九世紀末被亞瑟．塞門[2]翻譯成英文。這首詩的翻譯並不算好，不過如果你願意花點心思查閱的話，你可以在葉慈所編著的《牛津現代詩選》④當中找到這首詩。幾年前有一位偉大的蘇格蘭詩人也試過翻譯這首詩，他是位南非裔作家，名字叫做羅依．坎貝爾[3]，他把這首詩翻譯為〈靈魂的暗夜〉（*Dark Night of the Soul*）。我真希望現在手邊就有這本書；這樣子我們就可以專注討論我引述的這一句話，而且我們也可以看看羅依．坎貝爾是怎樣處理這首詩：「在我的房子裡，一片沉默。」他把這一句話翻譯成：「整座房子都噤然無聲。」（When all the house was hushed.）⑤我們在這段翻譯裡頭看到了「整座」（all）這個字眼，這個字帶給這行詩一種空間感，一種廣闊的感覺。接著就是「噤聲」（hushed）這個美麗又可愛的字眼了。「噤聲」這個字無意中帶給我們沉靜時的聽覺感受。

除了這兩個展現翻譯藝術的例子之外，我還要再舉第三個例子。我不會討論這個例子，因為這個例子並不是詩對詩的翻譯，而是把散文提升為韻文，成為詩歌。我們都知道這一句陳腔濫調的拉丁文（這句話當然也是從希臘文過來的），這句話是這麼說的：「藝術永久，人生短暫」（Ars longa, vita brevis.）——我應該要唸成wita brewis才對（這樣子唸起來鐵定會很難聽）。就讓我們回到vita brevis這樣的唸法吧——就像是我們要唸成「維吉爾」（Virgil），而不是「維吉里爾斯」（Wirgilius），這是同樣的道理。我們在這裡看到的是一句平淡的陳述，一句意見的陳述。這段話相當的平淡；相當的直接。這句話並沒有扣人心弦的震撼。事實上，這句話有點像是預言電報的誕生，或者像是預告文學作品的演進。「藝術亙久，人生苦短。」（Art is long, life is short.）這向陳腔濫調已經反覆傳誦多時。然後，到了十四世紀，「一位翻譯大師」[6]——也就是文學大師喬叟——就需要引用這句話了。喬叟想到的當然不是什麼仙丹；他想到了大概是詩吧。不過，或許他想到的是愛情（不過我身上沒帶這本書，要不我們就有得挑了）。或許他想到的是愛情，而他也想要把他的愛意融入詩行之中。他寫道：「生命如此苦短，而學海卻又如此無涯。」[7]（The life so short, the craft so long to learn.）——或者你也可以想像他會是這麼唸這一句話的，「生命苦短兮，學海無涯兮。」我們從這一句話當中得到了意見的陳述，也從字裡行間聽到了慾望的聲音。我們可以看到詩人不但在苦思藝術創作的艱困與人生的短暫；他也親身感受到了。而這種感覺就藉由一個很明顯能夠聽得見、看得見的關鍵字傳達出來——也就是「如此」（so）這個關鍵字。「生命如此苦短，而學海卻又如此無涯。」

讓我們再重回到一開始的兩個例子：也就是丁尼生翻譯的〈布南堡之賦〉，以及桑・璜・克魯茲的〈靈魂的暗夜〉。我們來評量一下我所引述的這兩段翻譯，這兩段翻譯跟原著相比一點都不遜色，不過我們還是覺得原著跟翻譯還是有所不同。這其中的差異不是翻譯者可以處理的；這反而取決於我們閱讀詩的方式。如果我們回頭看〈布南堡之賦〉的話，我們知道這首詩是發自於內心深刻的情感。我們都知道薩克遜人曾經多次淪為丹麥人的手下敗將，而他們對此也深感厭惡痛絕。所以我們也必須想想看，當西薩克遜人在長年的掙扎之後，終於能夠大敗都柏林維京國王歐拉富（Olaf），以及他們深感痛恨的蘇格蘭人與威爾斯人，想想那種暢快——這場戰役就是布南堡之役，是英國中古時期最慘烈的戰役之一。我們要想像一下他們那時的感受，要想像一下寫這首詩賦的人。他可能是個僧侶。不過事實上他卻沒有感謝上帝的眷顧（像是在正統宗教儀式中都會有的慣例），反而感謝國王與愛德蒙王子手中的寶劍為他們帶來了勝利。他並沒有說上帝恩賜他們凱旋勝利；他說的是，他們靠著「尖刀利刃」（swordda edgiou）贏得了勝利。全詩洋溢著一種粗暴、兇殘的喜悅。他大肆嘲諷手下敗將。對於大敗宿敵一事感到相當的得意。他談到了他的國王與王室成員得以重返他們的威薩克斯——像是丁尼生詩中所描述的，回到他們自己的「西薩克遜家園」（West-Saxonland）（每個人都「回到他們的西薩克遜家園，歡喜戰爭。」）。[8]在那之後，他更是算起了英國歷史的陳年舊帳；他想到曾經攻打英國的朱特人[4]，也就是亨吉斯特與霍薩[9]。這種情形很奇怪——我並不認為在中古時期多少人會有歷史觀。所以我們要把這首詩當成是發自內心深刻的情感。要把這個地方當成是一首偉大的詩該有的熱血奔騰。

接著我們來看丁尼生的版本，我們都很喜歡這首詩，（我甚至在接觸到薩克遜原著之前就讀過這首詩了）我們覺得這首詩是一個很成功的實驗，由當代英語大詩人來撰寫古英文詩；也就是說，時代背景已經不一樣。當然，這當中的差異不應該怪罪到翻譯者身上。同樣的事情也發生在克魯茲與羅依·坎貝爾的身上：我們或許都會這麼覺得（我想我們大概都會這麼想吧！）——單從文學的角度看來——在文字上，「整座房子都噤然無聲」（When all the house was hushed.）這行詩的確要比原著「在我的房子裡，一片默然」（estando ya mi casa sosegada.）還來得好。不過如果要比較西班牙文原著或是英文的翻譯版本的話，這一點就沒有太大的幫助。在第一個例子裡，我們覺得克魯茲的作品已經臻於化境，他能夠寫出人類靈魂所能達到的最高境界——像是狂喜的經驗，人類靈魂與聖靈融合的體驗，以及與上帝融為一體的體驗。在他親身經歷過這些無法用言語表達的體驗之後，他多少必須要用比喻的方式才能夠表達。之後他覺得他已經可以寫出〈歌中之歌〉（*Song of Songs*）這樣的詩了，接著他把性愛的意象看成是人類與他的上帝之間神祕聯繫的意象（很多神祕主義者都這麼做過），然後他才動手寫詩。因此，我們就聽見了他發出的每一個聲音——不過我們也可以這麼說，在薩克遜的例子裡，我們算是偷聽到了這些聲音。

接下來我們要講的是羅依．坎貝爾的翻譯。我們覺得他翻譯得很好，不過我們或許還是很容易這麼想：「好吧，畢竟蘇格蘭佬還是把這件事做得不錯。」這當然是不一樣的。也就是說，翻譯與原著作品之間的差別並不在於文本本身。假設我們不知道哪一個是原著，哪一個是翻譯的話，我們就可以很公平的評斷。不過，很不幸的，我們並沒有辦法做到。因此翻譯者的作品總被認為略遜一籌——或者呢，更糟糕的是，大家都覺得他們會比較遜色——即使翻譯作品在文字的表現上跟原著並駕齊驅也是一樣。

現在我們要來討論另外一個問題：也就是逐字翻譯（literal translation）的問題。當我說「逐字」翻譯的時候，我指的是廣義的比喻。因為如果翻譯的作品在逐字比對下都無法達到忠於原著的標準，那麼就更不可能做到每個字母都要雷同的程度了。十九世紀時，有一位現在大家都快忘記的希臘哲學家，叫做紐曼，他就嘗試過要把荷馬的史詩用六步格詩體逐字翻譯。[10]他的目的是要出版一部能跟荷馬「相互抗衡」的翻譯。他採用了像是「潮溼的海浪」（wet waves）、「暗酒色的大海」（wine-dark sea）這樣的句子。馬修．阿諾[5]自有他自己翻譯荷馬史詩的一套理論。當紐曼先生的翻譯作品問世之後，馬修．阿諾還為他寫書評。紐曼回應了阿諾的書評；而阿諾對紐曼的答覆也有回應。這些非常生動而且非常有智慧的文章我們都可以在馬修．阿諾的散文集當中讀到。

爭議的雙方都有很多的話要說。紐曼認定逐字的翻譯才是最忠實的翻譯。馬修．阿諾則是由一個關於荷馬的理論著手。他認為在荷馬的史詩中可以找到幾項特質——清楚明瞭（clarity）、尊嚴高貴（nobility）、樸素簡約（simplicity）等等。他認為翻譯者一定都要傳達出這些特質，即使文本中沒有這些條件都得要這麼做。馬修．阿諾指出，文學作品的翻譯就是要做到風格奇異（oddity）以及文筆典雅（uncouthness）的境界。

比如說，在羅曼語系的語言中我們不會說It is cold.——我們會說It makes cold.，也就是說：Il fait froid，Fa freddo，Hace frío。不過我卻不認為真的會有人把「天氣很冷」（Il fait froid.）這句話翻譯成「天氣做得很冷」（It makes cold.）。我這裡還有另外一個例子：在英文裡面我們會說「早安」（Good Morning.），不過在西班牙文裡我們會說「日安」（Buenos días〔Good days〕）。如果把英文的「早安」翻譯成西班牙文後變成了「Buenos mañana」的話，我們會覺得這個翻譯的確是依照著字面的意思翻譯出來的，不過這種說法卻不是我們真正使用的語法。

馬修・阿諾指出，如果完全依照字面的意思來翻譯的話，那麼我們就很容易強調到錯誤的地方。我不曉得波頓船長[6]在翻譯《天方夜譚》的時候，阿諾是不是剛好有碰到他；也許他太晚才碰到了。因為波頓船長把Quitab alif laila wa laila翻譯成《一千夜又一夜》（*Book of the Thousand Nights and a Night*），而不是翻譯成《一千零一夜》（*Book of the Thousand and One Nights*）這樣的翻譯的確是逐字翻譯。真的是依照著阿拉伯文一個字一個字的照翻。雖然在阿拉伯文裡頭，「一千夜又一夜」是很正常的說法，不過在英文裡，這麼說就會讓人嚇一跳了。當然了，這一切也並非原著料想得到的。

馬修．阿諾建議要翻譯荷馬史詩的人最好手邊都有一本《聖經》。他說，英文版《聖經》的翻譯文筆或許可以作為翻譯荷馬史詩的標準。不過如果馬修．阿諾曾經仔細拜讀他的《聖經》的話，他或許會注意到英文版的《聖經》裡頭充斥著逐字翻譯的例子，而且英文版《聖經》的美有一部分就在於逐字翻譯的美感。

比方說，我們在英文聖經裡有「力量之塔」（a tower of strength）這麼一句話。這句話大概是路德[7]當初翻譯為「ein feste Burg」的這一句話——意思是「一座巨大（或堅固）的堡壘」（a mighty）〔or a firm〕stronghold）。接著我們再來看〈歌中之歌〉這首詩。我在佛瑞．路易．德里昂的書中讀過，希伯來文並沒有最高級的稱謂，所以他們就不能說「最高之歌」（the highest song）或是「最佳之歌」（the best song）。他們會說「歌中之歌」，就像是他們會把國王稱為「萬王之王」（king of kings），而不會說「帝王」（the emperor）或是「最尊崇的國王」（the highest king）；或是說成「夜中之夜」（the night of nights）而不是最神聖的夜晚。如果我們把英文翻譯的〈歌中之歌〉跟路德翻譯的德文版本相比，我們會發現路德根本不考慮譯文的美感，他只要求德國的讀者能夠了解文章在講些什麼，所以他把這首詩翻成了〈高級抒情詩〉（the high lay）。所以我們也知道了這兩個逐字翻譯的例子能帶來多少美感了。

事實上，就像是馬修·阿諾也曾指出的，也許有人會說逐字翻譯不但可以達到文筆奇異以及風格典雅的效果，也可以做出陌生（strangeness）的效果與美感（beauty）。不過我覺得這完全是見仁見智的；因為如果我們想要閱讀一篇逐字翻譯的外國詩，或許也會期待在詩中找到一些異國風味。不過如果真的找到的話，我們還會覺得失望哩！

現在我們要讀一篇一首最好也最有名的英文翻譯。我說的，當然就是費茲傑羅[8]翻譯自歐瑪爾·海亞姆的《魯拜集》[⑪][9]。這首詩的第一段是這麼說的：

醒過來吧！清晨已經在夜晚的缽碗
丟下一塊石子，也揚起了滿天星斗；
看吧！東方的獵人已經趁著暮光迷亂
攻取了蘇丹王的塔樓。

就我們所知，這首詩是史溫堡（Swinburne）與羅西蒂在一家舊書店找到的。他們都被這首詩的美所懾服。他們對費茲傑羅的生平一無所知，這位仁兄在藝文界可真是個無名小卒。他曾經翻譯過卡爾德容（Calderón）以及法瑞・阿丁・阿塔爾合著的《萬禽議會》（*Parliament of Birds*）；這幾本書算不上好書。不過他後來又出版了這一本書，這書現在是本名著，已經成為經典了。

羅西蒂跟史溫堡都感受到了這個翻譯作品的美感，不過我卻很懷疑，如果費茲傑羅介紹給大家的是這本書的原文，而不是翻譯作品的話（其實這本書有一部分還真的是原文），那麼他們兩人是否還會覺得這首詩很美？他們還會容許費茲傑羅這樣翻譯這首詩嗎？「醒過來吧！清晨已經在夜晚的缽碗／丟下一塊石子，也揚起了滿天星斗；」（這首詩的第二行有一個附錄，解釋說把石頭丟到碗裡是要離開酒館的象徵）。我很懷疑費茲傑羅還會不會在自己的詩中寫出「光之圈套」（noose of light）或是「蘇丹王的塔樓」（sultan's turret）這樣的句子。

我覺得我們可以很放心地來討論——這個句子在詩中的另外一個段落也可以找得到：

拂曉的左手還在天空的時候做了一個夢
我聽到了酒館傳來的叫吼，
「叫醒我的小老弟，然後斟滿杯觥
在酒杯裡的生命瓊漿枯竭之前趕快裝妥。」

我們就來討論這第一句話吧：「拂曉的左手還在天空的時候做了一個夢。」當然了，這句話的關鍵字就是「左」這個字。如果改用了其他的形容詞，這一行詩便會完全失去意義。不過「左手」通常會讓我們聯想到一些奇異、邪惡的東西。我們都知道右手（right hand）會讓人聯想到「正確」（right）——換句話說，也就是會讓人聯想到「正義」（righteousness）、想到「正直」（direct）等種種感覺——不過我們在這裡看到的卻是「左」這一個不吉祥的字眼。我們想到西班牙的一句俗諺：「朝左刺就可以刺穿心臟」（lanzada de modo izquierdo que atraviese el corazón）——這句話多少讓我們有種不吉祥的感覺。我們感覺到「拂曉的左手」這個地方就是有點不對勁。如果波斯人在拂曉的左手還在天空的時候做了個夢，這個夢很可能隨時都會變成一個惡夢。不過我們卻不太感覺得到；我們不需要只拘泥在「左邊」這個字眼上。因為「左邊」這個字眼會讓整個句子變得很不一樣——詩歌的藝術就是這麼精緻、這麼神祕。我們會接受「拂曉的左手還在天空的時候做了一個夢」這樣的句子，因為我們假定這個句子裡有波斯人的典故。就我所知，歐瑪爾·海亞姆的詩句裡頭並沒有費茲傑羅個人的意思。這就點出一個有趣的問題了：逐字翻譯的作品也能夠開創出獨特的美感。

我總是在想，逐字翻譯的起源是什麼時候。我們現在對逐字翻譯都很著迷；事實上，很多人只接受逐字翻譯的作品，因為我們都想很公平地處理每個人的作品。這在過去的翻譯家眼中或許還會是一種罪過呢。他們想到了是一些更為重要的事情。他們要證明，本國語言也能夠跟原著作品的語言一樣，寫出第一流的詩篇。我覺得唐·璜·德·喬瑞貴（Don Juan de Jáuregui）在把盧卡[10]的作品翻譯成西班牙文的時候，一定也是這麼想的。我不認為任何一個波普[11]時代的讀者會把波普跟荷馬相提並論。我認為讀者所考慮的都只是詩的本身而已，即使是最刁鑽的讀者也一樣。他們或許對《伊里亞德》或是《奧德賽》有興趣，不過對文字上的一點小爭議卻一點興趣也沒有。整個中古時期的人們都不是用逐字翻譯的角度來看待翻譯作品的，而是認為翻譯也是某種程度的重新創作。像是詩人在閱讀過原著作品之後，多少會從他自己身上發展出一點東西，從他自己的才氣中，也從他使用的語言中發展出一些可能性。

逐字翻譯是從什麼時候開始的呢？我不認為這種風氣是從學術界開始的；我不認為這是由躊躇支吾當中衍生的產物。我覺得逐字翻譯的風氣有種神學方面的起源。因為即使世人都認定荷馬是史上最偉大的詩人，大家還是認為荷馬也只是個塵世凡人。（於是也就有了「我為此大感不平，因為即使優秀一如荷馬，有時候也得點頭認錯。」等等這樣的話。）[12]也因此他們都可以把荷馬的文字改頭換面一番。不過談到翻譯《聖經》的話，就不是這麼一回事了，因為《聖經》據傳是由聖靈所寫的。如果我們想到了聖靈，想到了上帝的大智大慧被記錄成一本文學作品，就絕對不會認為祂的作品還有任何純屬巧合的成分——或是任何一點點信步所至的成分。不可能的——如果上帝真的寫了一本書，如果上帝真的化身到一本書上，那麼就像是麥加信徒所宣稱的，每一個字，每一個字母，一定都是上帝深思熟慮過的。如果要篡改一本擁有永恆大智慧的書，這會是一種褻瀆。

因此，我認為逐字翻譯的觀念就是由《聖經》的翻譯衍生而來的。這純粹只是我個人的臆測，不過我覺得這種可能性是很高的（我也假定如果我說錯了，此處的許多位學者也一定都會惠與賜教的）。當閱讀優秀的《聖經》翻譯版本的時候，人們都會發覺，都會開始感覺到，這種異國風味的表現方式也有種美感。現在大家都很喜歡逐字翻譯的作品，因為逐字翻譯的作品總是能夠帶給我們所期待的意外悸動。事實上，甚至可以說我們已經不需要原著作品了。或許在以後，翻譯作品本身就會被認為是了不起的作品。我們可以想一想伊利莎白．巴瑞．布朗寧[12]這本《葡萄牙十四行詩集》就知道了。

有的時候我會嘗試一些大膽的比喻，不過也總會想到，如果我說這些東西是我寫的，大概就沒有人能夠接受了（我也只不過是一個當代的作家而已）。所以我只好說這些比喻都是一些早已作古的波斯或是挪威作家所寫的。我的朋友都跟我說我用的比喻相當不錯；當然啦，我從來都沒有跟他們說過這些比喻其實都是我自己想出來的，因為我真的很喜歡使用比喻。畢竟，波斯作家或是挪威作家或許也都發明了這些比喻，或許還是更好的比喻呢！

因此，我們就回頭討論我一開始所說的重點吧：也就是說，翻譯作品的好壞從來都不是從文字使用的優劣來衡量的。翻譯的優劣其實應該由文字的使用來衡量，不過情形卻從來都不是如此。比如說（希望我這麼說不會讓你們覺得我在褻瀆），我很仔細地看過波特萊爾[13]的《惡之華》以及格奧爾格[14]的《藝術之頁》（*Blumen des Böse*）（不過這已經是四十年前的事了，我能夠解釋這個年輕氣盛的過錯）。我認為波特萊爾這位詩人鐵定比起格奧爾格來得優秀，不過格奧爾格更是一個技藝高超的工匠。我想如果逐行比對他們兩人作品的話，我們應該會發覺格奧爾格的《頌歌》（*Umdichtung*）這一本書（這個德文字用得相當棒，因為這個字的意思不是指一首從外國文字翻譯過來的詩，而是詩之間相互交錯的意思；德文裡頭也有Nachdichtung這個字，意思是「詩後詩」〔afterpoem〕，也就是翻譯的意思；以及Übersetzung這個字，意思就只是翻譯而已。）——我會覺得或許格奧爾格的翻譯作品比起波特萊爾的原著還要來得好。當然了，這對格奧爾格一點好處也沒有，因為凡是對波特萊爾有興趣的人——像我對波特萊爾就很有興趣——都會覺得格奧爾格的文字都是來自波特萊爾；也就是說，大家只會想到把波特萊爾的作品放到他的生平背景來看。不過，如果是格奧爾格的話，我們就看到了一位才能有餘，不過卻自命不凡的二十世紀詩人，把波特萊爾的文字一一轉換成外國語言，翻譯成德文。

我所講的是現在的情形。我們身上都擔負了歷史觀，而且是負擔過度了。我們不可能像中古時期或是文藝復興時期甚至是十八世紀的人一樣，用同樣的角度觀看這些古老的作品。我們現在苦於作家創作時的當代環境；我們很想確切得知在荷馬寫下「暗酒色的大海」時，他心裡想的究竟是什麼（如果「暗酒色的大海」這樣的翻譯對的話；我也不知道）。不過如果我們真有歷史觀的話，我們或許也應該知道，總有一天，人們不會像我們現在這樣對歷史還這麼敏感。總有一天，人們不會在乎歷史事件。也不會在乎美的歷史背景；他們關心的應該是美的事物的本身。或許，他們根本就不應該關心詩人的名諱或是他們的生平事蹟。

如果我們想到整個國家都這麼想的話，這樣子對大家都好。例如說，我就不認為印度人會有歷史觀。歐洲人在撰寫印度哲學史的時候總是覺得芒刺在背，因為印度人認為所有的哲學都是當代的思考。也就是說，他們比較關心自身的問題，而不是哲學家的身平事蹟或是真實的歷史年序。所有種種有關大師的姓名、他們的身平背景、他們的師出傳承等等——所有種種對他們而言完全不重要。他們關心的是宇宙間的謎。我認為，在未來的時代裡（而我也希望這個時代儘早來臨），人們關心的重點將只有美，而不是美的外在背景。屆時我們擁有的翻譯作品水平，將會跟查普曼翻譯的荷馬史詩，厄克特翻譯的拉伯雷（Rabelais）以及波普翻譯的《奧德賽》[13]一樣的優秀（我們現在已經有這麼好的翻譯作品了），知名度也會跟這些經典並駕齊驅。我衷心地期許能夠達成這樣的境界。

1 桑・璜・克魯茲：聖十字架的約翰（San Juan de la Cruz; St. John of the Cross, 1542-1591），西班牙詩人、神學家。

2 亞瑟・塞門（Arthur Symons, 1865-1945），英國詩人、文藝評論家。

3 羅依・坎貝爾（Roy Campbell, 1901-1957），英國詩人，譯有西班牙、葡萄牙和法國作家的作品。

4 朱特人（Jute），日耳曼民族的一支，故鄉在斯堪地那維亞半島地區（也許是德蘭半島）。五世紀時與盎格魯人和薩克遜人一起侵入不列顛，後來定居在肯特郡、懷特島和漢普郡一帶。

5 馬修・阿諾（Mathew Arnold, 1822-1888），英國維多利亞時期詩人、評論家。指出當時浪漫主義詩歌中的弊病。在文學批評上最大的成就是包含〈評荷馬史詩的譯本〉（1861）在內的幾篇演講稿，另著有〈文化與與政府狀態〉批評當時英國人的自滿、庸俗與拜金主義，社會缺乏方向感，將會陷入無政府狀態。

6 波頓船長（Sir Richard Burton, 1821-1890），英國冒險家，在語言與文學上亦有造詣，譯有《一千零一夜》全本共十六卷。

7 路德（Martin Luther, 1483-1546），十六世紀歐洲宗教改革運動的發起人，新教創始人。將希臘文原文翻譯成德文，亦邀來梅蘭希頓共同參與翻譯。德譯《新約》於一五二二年出版，根據希伯來文翻譯的《舊約》亦於一五三四年出版。路德拘守聖經詞句，強調耶穌的話應該照字面解釋，原原本本的翻譯。

8 愛德華・費茲傑羅（Edward FitzGerald,1809-1883），英國作家，以所譯之《魯拜集》聞名，經他加工之後，此書已經成為一部英國文學名著，英國詩人經常引用其中的詩句。為使英國讀者易於理解，他採用完全意譯的手法，常用自己的詞句反應詩人思想的實質。

9 《魯拜集》（*Rubáiyát*），十一世紀波斯詩人歐瑪爾・海亞姆所著的四行詩集，詩中讚嘆肉慾之樂，認為它就是人生的唯一目的。維多利亞時期英國詩人費茲傑羅把這部詩集翻譯成英文，一八五九年出版。這些詩對於英國「世紀末」詩歌的情調有極大的影響。

10 盧卡（Lucan, 39-65），西班牙詩人，《內戰記》是唯一僅存的詩，是中世紀最受歡迎的詩人。一般評論家並不認為盧卡是偉大的詩人，不過卻是了不起的修辭學家。

11 波普（Alexander Pope, 1688-1744），英國十八世紀最重要的諷刺詩人。翻譯作品有荷馬的《伊里亞德》與《奧德賽》，其譯本並不切確，也未反映出原作精神，但成了當代人所理解的英雄史詩典範。波普譯本的措詞莊嚴，並認為荷馬如果出生在十八世紀英國的話，也會同意使用這種風格的寫作方式。

12 伊利莎白・巴端・布朗寧（Elizabeth Barrett Browning, 1806-1861），英國女詩人，以《葡萄牙的十四行詩》（*Sonnets from the Portuguese*）聞名。

13 波特萊爾（Charles Baudelaire, 1821-1867），法國現代派詩人，鄙棄浪漫派的矯揉造作，表現一個沒有宗教信仰詩人對於萬物真實意義的探索，在翻譯語文譯文批評上亦有重大的貢獻。

14 格奧爾格（Stefan George, 1868-1933），德國抒情詩人，對十九世紀末德國詩歌的復興有促進的作用。

15 厄克特（Sir Thomas Urquhart, 1611-1660），英國翻譯家，其譯文富有獨創性，生動活潑，語言與技巧獨特。譯有《弗朗索瓦·拉伯雷先生的作品》共三卷。

第五講　詩與思潮

Thought and Poetry

華特・佩特[1]寫過，所有的藝術都渴望達到音樂的境界。①很明顯的，這種說法的原因就是因為在音樂中，形式（form）與內容（substance）是無法斷然一分為二（我這麼說當然也是因為我只是個凡夫俗子）。旋律，或者是任何一段音樂，是一種聲音與停頓的組合形式，是在一段時間內展開的演奏，而我也不認為這種形式可以拆開來。旋律單單就只是形式，不過情感可以在旋律中油然躍升，也可以在旋律中被喚起。奧國的批評家漢斯立克②也這麼說過，音樂是我們能夠使用的語言，是我們能夠了解的語言，不過卻是我們無法翻譯的。

不過在文學的領域裡，特別是詩的範疇，這種情形就正好相反了。我們可以把《紅字》的故事情節講給沒有讀過這個故事的朋友聽，我想甚至還可以把葉慈的〈莉妲與天鵝〉（*Leda and the Swan*）這首十四行詩的形式、架構還有劇情講出來。所以我們也很容易陷入把詩歌當成是混種藝術的思維中，把詩歌當成一種大雜燴。

羅伯・路易斯・史蒂文生也提過詩歌作品這種雙重的特性。他說過，就某方面說來，詩歌反而比較接近凡夫俗子及市井小民。他說，因為詩歌的題材就是文字，而這些文字也就是日常生活中的對話題材。文字在每個人的日常生活中都用得到，文字也是詩人創作的素材，就像是聲音是音樂家創作的素材一樣。史蒂文生認為文字只不過是阻礙，是權宜之計。然後他才表達對詩人的讚嘆，因為詩人得以把這些僵硬的符號用來傳達日常生活的瑣事，或是把抽象的思考歸納為一些模式，他將之稱為「網絡」（the web）。[3]如果我們接受史蒂文生的說詞，就產生了一種詩學理論——這種理論就是，文學作品所使用文字的意涵將會超越原先預期的使用目的。史蒂文生說，文字的功用就是針對日常生活的送往迎來而來的，只不過詩人多少讓這些文字成了魔術。我認為我是同意史蒂文生的說法的。不過，我也覺得他可能是錯的。我們都知道，孤獨而有骨氣的挪威人會經由他們的輓歌，傳達出他們的孤獨、他們的勇氣、他們的忠誠，以及他們對大海與戰爭蕭瑟淒涼的感受。這些寫下輓歌的人好像是穿越了好幾個世紀的隔閡，跟我們是如此的親近——我們知道，如果他們能夠像理解散文這樣的理解出一些體悟的話，反而很難把這些想法付諸文字。愛爾菲德國王[2]的例子就是如此。他的文筆很直接；這當然便於達成他的目的；不過卻無法激起太多深刻的感觸。就只是告訴我們一些故事而已——這些故事可能很有趣，可能很無聊，不過就只能這樣子了；而同時期的詩人創作的詩歌至今仍然動人心弦，這些詩歌在今日還相當的活躍。

如果我們重新追溯這個歷史的大爭論的話（當然我是隨便舉個例子的；這個例子很可能放諸四海皆準），我們會發現文字並不是經由抽象的思考而誕生，而是經由具體的事物而生的——我認為「具體」（concrete）在這邊的意思跟這個例子裡的「詩意」（poetic）是同樣的。我們來討論一下像是「恐怖」（dreary）這個字吧：「恐怖」這個字有「血腥」（bloodstained）的意思。同樣的，「高興」（glad）這個字眼意味著「精練優雅」（polished），而「威脅」（threat）的意思是「一群威脅的群眾」（a threatening crowd）。這些現在是抽象的字眼，在當初也都有過很鮮明的意涵。

我們再來討論其他的例子。就拿「雷鳴」（thunder）這個字來看，再回頭看看桑諾神（Thunor）吧，他是薩克遜版本的挪威托爾神[3]。Punor這個字代表了雷鳴與天神；如果我們詢問與亨吉斯特一同到英國的弟兄們，這個字到底是指天上的隆隆聲響，還是指憤怒的天神，我不覺得他們會精明到能夠清楚地辨別這其中的差異。我覺得這個字同時蘊含了這兩個意思，不會單單特別傾向其中一個解釋。我覺得他們在說出「雷鳴」這個字的時候，也同時感受到天邊傳來的低沉雷鳴，看到了閃電，也想到了天神。這些字就像是魔術附了身一樣；它們是不會有確定而明顯的意思。

職是之故，當我們談到詩歌的時候，我們或許會說詩歌並不是像史蒂文生所說的那樣——詩歌並沒有嘗試著把幾個有邏輯意義的符號擺在一起，然後再賦予這些字彙魔力。相反的，詩歌把文字帶回了最初始的起源。記得愛爾菲德·諾斯·懷特海德[4]就這麼寫過，在許許多多的謬誤中，有種誤認有完美字典存在的謬誤——也就是認為每一種感官感受、每一句陳述以及每一種抽象的思考，都可以在字典中找到一個對應的對象以及切確的符號表徵。而事實上，不同的語言就是不同的語言，這會讓我們懷疑這種情況是否真的存在。

例如，在英文裡頭（或者說是蘇格蘭文吧！）有像是「奇異」（eerie）以及「恐怖」（uncanny）這樣的字眼。這幾個字在其他語言中是找不到的。（嗯，好吧，德文裡頭算是有「恐怖」〔unheimlich〕這個字吧！）為什麼會這樣呢？因為說其他語言的人並不需要這幾個字彙——我想一個國家的人民只會發展他們需要的文字吧！這一點是卻斯特頓觀察到的（我想是在他那本討論華茲〔Watts〕的書裡頭講到的）。[④]也就是我們可以推論出，語言並不像是字典告訴我們的那樣，語言並不是學術界或是哲學家產物。相反的，語言是歷經時間的考驗，經過一段相當冗長的時間醞釀的，是農夫、漁民、獵人、騎士等人所演進出來的。語言不是從圖書館裡頭產生的；而是從鄉野故里、汪汪大海、涓涓河流、漫漫長夜，從黎明破曉中演進出來的。

因此，我們可以得知一個語言的真相；那就是，從某方面看來，文字就像是變魔術那樣地誕生了（對我來說，我覺得這很明顯），或許在過去有段時間裡「光線」（light）這個字有著光線閃爍的意思，而「夜晚」（night）這個字有黑暗的意思。在「夜晚」這個例子裡，我們或許可以臆測這個字最初代表的就是夜晚本身——代表著黑暗、威脅，也代表了閃亮的星星。然後，在經過這麼長的一段時間之後，「夜晚」這個字才衍生出抽象的意思——也就是在烏鴉代表的黃昏，與白鴿代表的破曉，也就是白天，這兩者之間的這一段時間（希伯來人就是這麼說的）。

既然說到了希伯來人，我們或許還要再增加一個猶太神祕主義與猶太神祕哲學卡巴拉（Kabbalah）的案例。對猶太人而言，文字明顯地隱藏了一種神祕的魔力。這也就是護身符、驅病符籙背後的故事——這些故事在《天方夜譚》裡頭都有提過。舊約《聖經》的第一章就曾經提過：「上帝命令，『要有光。』光就出現。」所以對他們而言，光線這個字很明顯的蘊藏了一些力量，這個力量足夠可以照亮整個世界，足夠可以滋養新生命，也能產生光線。我曾經試著思考這個有關思考與意義的問題（這個問題很明顯是我解決不了的）。我們稍早之前談過，在音樂裡頭，聲音、形式與內容都無法分割——事實上，他們都是同樣的東西。也因此很可能會有人這麼推論，同樣的事情詩歌也會發生。

我們現在就來看看兩位大詩人的作品。第一段詩取自於偉大的愛爾蘭詩人威廉・巴特勒・葉慈[5]的一首短詩：「肉體上的老朽是智慧；在年輕的時候，／我們彼此熱愛著，卻是如此地無知。」⑤這首詩開頭的第一句話就是一句聲明：「肉體上的老朽是智慧。」這句話當然可以用反諷的角度來詮釋。葉慈很清楚，我們可能在肉體老化的時候卻還沒有成就任何智慧。我認為智慧比起愛還來的重要；而愛又比起純粹的快樂更重要。快樂有時候是很微不足道的。我們在這一段詩看到另外一句關於快樂的陳述。「肉體上的老朽是智慧；在年輕的時候，／我們彼此熱愛著，卻是如此地無知。」

現在我還要列舉一首喬治・梅瑞狄斯[6]的詩作。這首詩是這麼說的：「在壁爐的火焰熄滅之前，／讓我們找尋它們跟星星之間的關聯吧。」⑥從表面上看來，這一句話是錯的。有人這麼認為，我們唯有在歷經肉體慾望之後才會對哲學感到興趣——或是說肉體慾望經歷了我們之後——這樣的說法，我想是錯的。我們也知道很多年輕熱情的哲學家；想想看柏克來、史賓諾沙還有叔本華。不過，這跟我們要討論的話題是沒什麼關聯的。重要的是，這兩首詩的這兩個片段——也就是「肉體上的老朽是智慧；在年輕的時候，／我們彼此熱愛著，卻是如此地無知。」以及梅瑞狄斯的「在壁爐的火焰熄滅之前，／讓我們找尋它們跟星星之間的關聯吧。」——由抽象的角度來看，這兩段詩的意思幾乎是相同的。不過它們所帶動的感受卻很不一樣。當我們被告知——或是我現在就告訴各位——這兩件事是其實是一樣的，你們會發自本能地馬上感覺到這兩首詩是沒什麼相關的，而這兩首詩也真的很不一樣。

我經常懷疑，究竟詩的意義是不是附加上去的呢？我相信，我們是先感受到詩的美感，而後才開始思考詩的意義。我不曉得是不是已經引用過莎士比亞的這首十四行詩。這首詩是這麼說的：

人間明月蝕未全，
卜者預言凶戾自嘲其所言；

禍已為福危為安，
盛世為報橄欖枝萬世展延。⑦

我們來看一看這首詩的註腳，我們先看到這首詩的頭兩行——「人間明月蝕未全，／卜者預言凶戾自嘲其所言」；——這兩行詩被認為所指涉的是伊莉莎白女皇——也就是終生維持處女之身的女皇，宮廷詩人常把這位深得民心的女皇比喻為月亮女神黛安娜，同樣是聖潔的處女。我認為當莎士比亞寫下這幾行詩的時候，他腦子裡想到了兩個月亮。他想到了「月亮，處女女皇」這個比喻；我也認為他不得不想到天上的明月。我要說的重點是，我們其實不用這麼拘泥在這些詮釋上——不用侷限在任何一個詮釋。我們先要感受這首詩，然後才去決定要採用的是這一個詮釋，還是另外一個，或者是要照單全收。「人間明月蝕未全，／卜者預言凶戾自嘲其所言」這首詩對我而言，至少有一種獨特的美感，這種美遠遠超乎種種人們詮釋的觀點。

當然，這些詩篇都是既美麗而無意義的。不過至少還是有一個意義——不是對推理思考而言，而是對想像而言。就讓我舉一個簡單的例子好了：「越過明月的兩朵紅玫瑰。」⑧可能有人會說這裡要說的是文字所呈現出來的意象；不過對我而言，至少這一句話沒有明確的意象。這些文字裡頭有種喜悅，當然在文字中輕快活躍的節奏裡，在文字的音樂裡都有。讓我們再另外舉一個威廉·莫里斯[7]寫的詩為例：「『那麼，』美麗的花精靈約藍（Yoland）說道」（美麗的約藍是個巫婆。）「『這就是七塔之旋律了。』」⑨我們把這句話從上下文抽離出來，不過我覺得這首詩仍然成立。

即使我喜愛英文，不過有的時候當我在回想英文詩的時候，仍會想起西班牙文。我要在此引述幾行詩。如果你不了解這幾行詩的話，你可以這麼想，連我都不了解這幾句話了（這樣你就會比較舒服一點了），而且這幾行詩根本就毫無意義。這幾首詩很美，不過卻美得很沒有意義；這首詩本來就不打算表達些什麼。這首詩取自一位常被遺忘的玻利維亞詩人，瑞卡多·詹姆士·佛萊瑞（Ricardo Jaimes Freire）——他是達瑞奧（Darío）以及盧貢內斯的友人。他在十九世紀的最後十年間寫下了這首詩。我希望我能夠背下整首十四行詩——我想各位在聆賞這首詩的時候都會聽到一些洪亮清澈的韻律。不過我也沒必要這麼做。我覺得光這幾行詩就已經很足夠了。這首詩是這麼唸的：

雲遊四海的想像之鴿
點燃了最後的愛戀，
光線，樂聲，與花朵之靈，
雲遊四海的想像之鴿。⑩

這幾行詩什麼都不是，它們沒有任何意義；不過這幾行詩還是成立的。它們代表的是美的事物。它們的韻味——至少對我而言是如此——還真是回味無窮。

既然我已經引述過了梅瑞狄斯的話，現在我還要引述另外一個例子。這個例子跟其他的不太一樣，因為這首詩蘊含了一些意義；我們堅信，這首詩跟詩人本身的經驗絕對有關聯。不過，如果我們真的深入調查詩人的親身經驗，或是如果詩人親口告訴我們他是如何想到並且寫下這首詩的，那還真的會滿頭霧水呢。這幾行詩是這麼說的：

愛情剝奪了我們身上不朽的精神，
不過這個小東西還慈悲地帶給我們，

待我從拂曉晨波看透
天鵝羽翼下覆蓋著幼兒，一同優游。⑪

在第一行裡頭，我們發現了讓我們覺得奇怪的思考：「愛情剝奪了我們身上不朽的精神」——而不是我們很可能會想到的，「愛情讓我們不朽」。不是的——這首詩是這麼說的——「愛情剝奪了我們身上不朽的精神，／不過這個小東西還慈悲地帶給我們。」我們會想到詩人所講的正是他本人以及他所摯愛的人。「待我從拂曉晨波看透／天鵝羽翼下覆蓋著幼兒，一同優游。」：我們在這行詩中感受到三重（threefold）的節奏感——我們毋需任何天鵝的奇聞軼事，也不用解說天鵝是如何游入河流然後又流入梅瑞狄斯的詩中，然後又是如何成為我永遠的記憶。我們都知道，至少我很清楚，我已經聽到讓我永難忘懷的名句了。而且我也可以說這就是漢斯立克所說的音樂了：我能夠回想起這首詩，也能夠瞭解這首詩（這不光只是依靠邏輯推理而已——這還需要倚賴更深入的想像力呢）；不過我就是沒辦法把這首詩翻譯出來。而且我也不認為這首詩還需要什麼翻譯。

我剛剛使用過「三重」這個字眼，我又想到一個希臘亞歷山卓城詩人引用過的比喻。他寫過這句話，「三重夜晚的七弦琴」（the lyre of threefold night）。這行詩的美震撼了我。我接著查閱注釋，發現原來七弦琴指的是海克力斯（Hercules），而海克力斯正是由朱比特（Jupiter）在一個有三個夜晚這麼長的夜裡誕生的，也因此天神享受到的愉悅也就特別的深刻了。這樣的解釋有點牛頭不對馬嘴；事實上，這樣的詮釋對於詩的本身還是一種傷害呢。這些解釋提供我們一則小小的奇聞軼事，不過卻也讓這則了不起的謎團略為失色，也就是「三重夜晚的七弦琴」這一句話。這樣子就夠了——就讓這首詩維持住謎樣的面貌。我們沒有必要把謎解開。謎底就在詩裡頭了。

我一開始的時候就說過了，早在人類創造文字之前，文字就已經相當活躍了。我還講過，「雷電」這個字眼不但有雷鳴的意思，更有天神的意涵。我也談過「夜晚」這個字。談到了夜晚，就免不了想到《芬尼根守靈夜》[8]的最後一句話——我想這對大家而言也是很好的——喬伊斯是這麼說的：「如河流般，如流水般流向這裡也流向那裡。夜晚啊！」[12]這是個極端的精心雕琢之作。我們感覺到像這樣的詩行，要幾個世紀以後才會有人寫得出來。我們感覺到這一句話本身就是一種創新，是一首詩——一張複雜的網路，就像是史蒂文生曾經描述過的那樣。我也很懷疑，以前或許有段時間，「夜晚」這個字也曾經很令人印象深刻，令人覺得很突兀，也令人覺得恐怖，就像這句美麗而蜿蜒的句子：「如河流般，如流水般流向這裡也流向那裡。夜晚啊！」

當然啦，寫詩的方法有兩種——至少，有兩種相反的方法（當然還有其他很多種的方法）。其中的一種是詩人使用很平凡的文字，不過卻能讓詩的感覺很不平凡——也就是從詩裡面變出魔術。這種典型的詩有一個很好的範例，就是由艾德蒙．布倫登[9]所寫的英文詩，這是輕描淡寫的風格：

我曾經年輕過，現在也不算太老；
不過我卻目睹正義公理遭到拋棄，
他的健康、他的榮耀，以及他的素養獲得維繫。
這可不是我們以前聽過的經綸大道。[13]

我們在這首詩裡看到的都是很平凡的字眼；得到的意義也很平凡，至少我們的感受是很平淡的——這是更重要的。不過這首詩的文字卻不像我們剛剛列舉過的喬伊斯的例子，那樣的突出。

接下來我要列舉的例子，只是要引用別人的話而已。這句話只有三個字。它是這麼說的：「耀眼的象牙之門」（Glittergates of elfinbone）[14]。「閃耀之門」（Glittergates）是喬伊斯給我們的獻禮。接著我們就看到了「象牙」（elfinbone）這個字。當喬伊斯在寫下這句話的時候，他肯定想到了德文裡頭的象牙，Elfenbein。Elfenbein是Elephantenbein這個字的變形，原來的意思是「大象之骨」（elephant bone）。不過喬伊斯卻瞧出了這個字的發展性，而且也把這個字翻譯成英文；因此我們就有了「象牙」（elfinbone）這個字眼。我個人覺得elfin這個字要比elfen這個字還美。此外，因為Elfenbein這個字我們已經聽過好多次了，因此我們在elfinbone這個既新奇又優雅的字裡頭，再也感受不到任何意外的衝擊，也不會讓我們再感到訝異了。

因此，寫詩的方法有兩種。大家通常把它區分成平淡樸實與精心雕琢的風格，我認為這種區分方式是錯誤的。因為重要而且有意義的是一首詩的死活，而不是風格的樸實或雕琢。這完全取決於詩人。比如說，我們可能會讀到很令人震撼的詩，不過這種詩的文字卻可能很樸素，而且對我而言，我並不會比較不欣賞這種詩——事實上，我有的時候還覺得跟其他的詩相比，這種詩反而還比較值得欣賞呢！例如這首史蒂文生寫的〈安魂曲〉（*Requiem*）就是一個例子（雖然我剛剛才反對過他，不過現在卻要讚揚他）。

仰望這片廣闊繽紛的星空，
挖個墳墓讓我躺平，
我在世的時候活得很如意，死的時候也很高興，
我懷了個心願躺平。
這就是你在墳上為我寫的墓誌銘；
「躺在這裡的人適得其終；
水手的家，就在大海上，
而獵人的家就在山丘上。」

這首詩的文字很平淡；平淡且鮮明。不過，詩人一定也是經過相當的努力才能達到

這樣的效果。「我在世的時候活得很如意，死的時候也很高興。」我不認為這樣的句子隨便就可以想得出來，只有在極難得的機會裡，靈感才會慷慨的降臨。

有人把文字當成一連串代數符號的組合，我認為這種想法是來自字典的誤導。這並不是我對字典忘恩負義——強森博士的字典、史基德博士的字源字典，還有簡易本的牛津大字典[15]，都是我平日喜好的讀物。我覺得字典裡頭一長串的單字以及解釋定義，會讓我們覺得解釋會消耗掉文字的意義，覺得任何一個生字、字彙都可以找到相互替換的字。不過我卻認為——每一個字都應該單獨的存在，並且也都要有它獨特的意思——而且每個詩人也都應該這麼認為。當作家使用罕見字彙的時候，我們更是容易產生這樣的感覺。比如說，我們會覺得「戮力」（sedulous）這個字是相當少用，卻很有趣的字彙。不過當史蒂文生寫給海茲利特（Hazlitt）的時候——在此我要再度向他致敬——他提到，「他像人猿一般地戮力工作」（played the sedulous ape），這個字彙頓時又顯得活靈活現。[16]所以我想，文字的起源是魔術，而且文字也經由詩歌產生了魔力，這種說法真的是一點也不假（這種說法當然不是我獨創的——我很肯定別的作家也提過這樣的說法）。

現在我們還要討論另外一個問題，一個相當重要的問題：也就是信服力的問題。當我們閱讀一位作家的時候（我們想到的可能是散文，可能是韻文——不過情形都沒兩樣），我們必須要先相信他。要不然，就應該做到像是柯立芝[10]所說的「主動而不確定的懷疑」（willing suspension of disbelief）⑰。當我談到精雕細琢的詩歌，談到文字的浮現，我當然應該要記得這首詩：

> 編織三個可以圍繞住他的圈圈，
> 然後抱持著戒慎恐懼的心情闔上眼，
> 因為他食用的是蜂滋潤露，
> 飲用的是來自天堂的瓊漿玉乳。⑱

現在讓我們來談談這種在詩以及散文中都需要的信念——這是我們這堂演講最後的主題了。比如說，在小說作品當中，我們對小說的信念就是都相信故事的主角。（為什麼我們在談論詩歌的時候，不能討論小說呢？）如果我們相信故事主角，那麼所有的事情都好說了。我不太肯定——我希望我這種說法對各位而言不會是異端邪說——不過我對於唐・吉軻德的歷險就不是這麼肯定了。我或許不相信其中的一些情節。我覺得有些情節都被誇大了。我很肯定，當騎士在跟鄉下仕紳講話的時候，這些長篇大論都不是他編出來的。不過這些都不重要；真正重要的是我相信唐・吉軻德他本人。這就是為什麼亞若林所寫的《唐・吉軻德冒險路線圖》，甚至是鄔納慕諾的《唐・吉軻德與桑丘的人生》[19]會讓我震驚的原因，這種書都很無關痛癢，原因在於他們看待這些冒險的態度都太過嚴肅了。我真的很相信唐・吉軻德這位騎士。即使有人告訴我這些事情從來都沒有發生過，我依然還是會相信唐・吉軻德，就如同我信任朋友的人格一樣。

我有幸擁有許多位值得尊敬的朋友，而我的這些朋友也有很多的奇聞軼事。而有些關於他們的奇聞軼事——我很抱歉這麼說，不過我也頗為驕傲——其實都是我掰出來的。不過這些軼事都不假；基本上，這些奇聞軼事都是真的。迪昆西說過，所有的奇聞軼事都是偽造的。我卻認為，如果他能夠更深入研究這些傳聞的話，他就會改口了，他會說，這些奇聞軼事並非史實，不過基本上卻都是真的。如果故事講的是男人，而這個故事又幾乎是他個人的寫照；那麼這個故事就是他的象徵了。當我想起我那幾位摯友的時候，像是唐・吉軻德、皮克威克先生、福爾摩斯先生、華生醫生、哈克貝瑞・費恩（Huckleberry Finn）、皮爾金（Peer Gynt）等人（我也不確定我還有沒有其他的好朋友），我覺得撰寫這些故事的人或許都在吹牛皮（to draw the longbow），[20]不過他們寫的這些冒險故事，就像是鏡子一般地反應出這些人的外表與個性。也就是說，如果我們相信福爾摩斯的話，那麼在看到他穿著一身棋盤格花紋服裝的時候，可能還是會面帶嘲諷地瞧著他；我們根本就不需要怕他。所以這也就是我說的，重要的就是相信故事裡的角色。

在詩歌的領域裡，這也許會有點不一樣——因為作家都是用比喻來寫作的。我們不需要相信這些隱喻。真正重要的是，我們應該要把這些隱喻連結到作家的情緒上。我應該這麼說，這樣子就已經足夠了。例如說，當盧貢內斯描寫到夕陽的時候，就把夕陽形容成「一隻色彩鮮豔的綠色孔雀，不加修飾地以金黃色的面貌示人。」[21]我們不需要擔心夕陽跟綠色的孔雀有哪些地方相像——有哪些地方不像。重要的是，我們要感覺到他被夕陽震撼住了，而且他也需要使用這個比喻來向我們傳達他的感受。這就是我所說的對詩歌的信任感。

這一點當然跟文字的平淡或是花俏沒有什麼關聯。比方說，當米爾頓這麼寫的時候（很抱歉我還要提醒你，這句話就是《樂園復得》的最後一句話），「他並沒有找出／重返母親故鄉的路。」（he unobserv'd/Home to his Mothers house private return'd）。[22]這段話的文字是再平淡不過了，不過這些文字同時也都是死板的文字。當他寫道，「當我想起我的生命是如何的蹉跎掉／我的歲月還只剩下一半，我的生命都耗在黑暗當中。」這段話的文字就比較精雕細琢一點，不過卻活靈活現。照這樣說來，我認為像是貢戈拉、約翰·當（John Donne）、威廉·巴特勒·葉慈，以及詹姆士·喬伊斯等作家也都獲得了平反。他們的文章段落、他們的文字儘管可能很難懂；我們可能會覺得這些文章很奇怪。不過卻能感受到文章背後的感情，這些感情都是真實的。而光是這一點就足以讓我們崇拜這些作家了。

我今天已經談過幾位詩人。不過很抱歉，在最後一場的講座中，我要談論的是一位小詩人——這位詩人的作品我也沒讀過，不過這位詩人的作品我一定寫過。我要談論的就是我自己。而且我也希望各位能夠原諒我做出這麼讓大家倒胃口的事。

1 華特・佩特（Walter Pater, 1839-1894），英國批評家，身受古典作品、德國唯心論與現代法國文學影響。

2 愛爾菲德國王（King Alfred, 849-899），英格蘭西南部薩克遜人的韋塞克斯王朝國王，曾率軍多次抵抗丹麥人入侵，自修拉丁文，並將拉丁文著作譯成英文。

3 托爾神（Thor），為所有早期日耳曼民族共有的神，通常被描述為一力大無窮、蓄著紅鬍鬚的中年人，對人類頗為仁慈。托爾的名字在日耳曼語就是雷的意思，他的錐子就是雷霆的意思。

4 愛爾菲德・諾斯・懷特海德（Alfred North Whitehead, 1861-1947），英國數學家、教育家與形上學家，與羅素合著《數學原理》。

5 威廉・巴特勒・葉慈（William Butler Yeats, 1865-1939），愛爾蘭詩人、劇作家。艾略特尊為「任何語言中最偉大的詩人」。主張透過詩、劇、文藝喚起愛爾蘭的民族意識。

6 喬治・梅瑞狄斯（George Meredith, 1828-1909），英國小說家、詩人。作品以精采的對話、充滿機智和詩意的場面，以及對人物心理的刻劃著稱。

7 威廉・莫里斯（William Morris, 1804-1896），英國詩人，美術設計家，社會主義先驅，被稱為十九世紀偉人之一。

8 《芬尼根守靈夜》（*Finnegans Wake*），描寫一個普通的愛爾蘭家庭，涉及所有人的夢幻，夢中情節具有複雜、變化不定的象徵意義，採用多種語言的風格與多層次的結構寫成，旨在表達多樣性的意涵。

9 艾德蒙・布倫登（Edmund Blunden, 1896-1974），英國詩人，用傳統的格律吟詠英國的鄉村生活，境界幽深。

10 柯立芝（Samuel Taylor Coleridge, 1772-1834），十七世紀初期最有影響力的英國詩人和思想家之一。〈忽必烈汗〉和〈古舟子詠〉為其代表作。與華茲華斯合作出版的《抒情歌謠集》開啟了英國文學的浪漫主義。

第六講　詩人的信條

A Poet's Creed

我的目的是要為各位講述詩人的信條，不過就在我檢視自己的時候，我才發現本人的信條其實是相當站不住腳的。這些信條或許對我而言很受用，不過對別人就很不一定了。

事實上，我把所有的詩學理論都當成寫詩的工具。我認為信條可以有很多種，就像是宗教有很多種，而詩人也可以有很多種一樣。最後我還會談到我個人對寫詩的喜惡，我會從個人的記憶著手，這些不但是當詩人的記憶，也是做讀者的記憶。

基本上，我是把自己設定為讀者的角色。各位都知道，我會開始寫作也是誤打誤撞的；我覺得我讀過的東西遠比我寫出來的東西要來得重要多了。我們都只閱讀我們喜歡的讀物——不過寫出來的東西就不一定是我們想要寫的，而是寫得出來的東西。

我想到六十幾年前的一個夜晚，那時我都待在父親位於布宜諾斯艾利斯的圖書館裡。我望著我的父親；望著煤氣燈火；我的手就擺在書櫃上。即使現在已經沒有這座圖書館了，不過我還是記得在哪裡可以找到波頓的《天方夜譚》（*Arabian Nights*）還有佩斯卡特的《祕魯征服史》[1]。只要回想起很久以前這些在南美洲的夜晚，就會看見我的父親。我現在就可以看到他；也可以聽見他的聲音，我不了解他說的是什麼，不過卻可以感受得到。這些話是取自於濟慈的詩，是從〈夜鶯頌〉（*Ode to a Nightingale*）這首詩來的。這首詩我已經反覆讀過好幾遍了，各位可能也跟我一樣，不過我還是要再度討論這首詩。我想如果我好好討論這首詩的話，我父親在天之靈也會感到欣慰。

我記得的這幾行詩跟各位現在想到的部分可能是一樣的：

> 你生來就不會死，永生之鳥！
> 沒有轆轆飢腸糟蹋蹂躪；
> 我今夜聽到的歌聲唱吟
> 古代帝王與農夫也同樣聽得到：
> 或許同樣的這一首歌也
> 進入了露斯（Ruth）悲傷的心，滿懷對家鄉的想念，
> 讓她站在異國的玉米田中，淚流滿面。[1]

我以為我都已經知道所有的字了，我以為我對語言很了解（我們在小的時候都以為

自己懂得很多），不過這些文字卻給了我很大的啟示。很顯然，我根本就不懂這首詩。我又要如何才能了解，既然這些夜鶯生存在當下——而且牠們也都只是芸芸眾生——為什麼牠們可以永生不滅呢？我們有一天都會死去，因為我們都生活在過去與未來——因為我們都記得我們尚未出世的某段時間，而且也都可以預知將會死去的時間。這些詩都是經由這些音樂得來的。我以前認為語言是說話的方式，是抱怨的工具，是訴說我們喜怒哀樂的工具等等。不過就在我聽到這幾行詩的時候（從某方面來說，我從那個時候起就已經開始在聽這首詩了），我知道語言也可以是一種音樂，一種熱情。也因此詩啟發了我。

我想到了一個觀念——這個想法就是，雖然人的生命是由幾千個時刻與日子組成的，這許多的時刻與日子也許都可以縮減為一天的時光：這就是在我們了解自我的時候，在我們面對自我的時候。我認為猶大親吻耶穌時（如果他真的親吻了耶穌的話），在那個當下就了解到他已經是個叛徒了，淪為叛徒就是他的宿命，而且他也真的很忠於邪惡的宿命。我們都記得《紅色英勇勳章》[2]，這個故事的主角就搞不清楚他到底是個英雄還是懦夫。時間到的時候他自然就知道了。當我聽到濟慈的詩，剎那間就感覺到這真是個很偉大的經驗。從那之後我就一直在體會這首詩。也是從那時開始（為了演說的效果，我想我可能多少有點言過其實），我就把自己當成「文人」（literary）了。

也就是說，很多事情都曾降臨過我身上，所有的人也都一樣。我在很多事情上都可以找到喜悅——像是游泳、寫作、看日出日落，或者像是談戀愛等等。不過我的生命重心是文字的存在，在於把文字編織成詩歌的可能性。當然啦，我一開始時也只是一位讀者。不過我覺得身為讀者的喜悅是超乎作者之上的，因為讀者不需要體驗種種煩惱焦慮：讀者只要感受喜悅就好了。當你只是讀者的時候，這種喜悅是可以很容易就感受得到的。因此，在我要談論我的文學創作之前，我想先談談幾本對我很重要的書。我知道我列舉的這份名單一定遺漏了很多東西，所有的名單難免都會有遺珠之憾。事實上，列舉名單的風險就是遺漏的部分往往都會凸顯出來，而且別人也會覺得你很不靈光。

我不久前才提過波頓的《天方夜譚》。當我提到《天方夜譚》的時候，我指的不是那幾大本厚重又有賣弄學問嫌疑的大冊子（這些故事是相當刻板無趣的），我說的是正牌的《天方夜譚》——也就是加朗[3]或許還有艾德華・威廉・藍恩所翻譯的《天方夜譚》。[②]我平日閱讀的讀物幾乎都是英文；我讀過的很多書都是英文版的，而且我也相當感激這樣特別的際遇。

當我想到《天方夜譚》的時候，我第一件感受到的就是這本書的海闊天空。不過在此同時，雖然書中的內容相當廣泛，文筆也相當自由，不過我知道故事情節卻也只侷限在少數幾個形態上。比如說，三這個數字就經常出現。這本書也沒有角色，或者說是沒有平板的角色[4]（大概除了那位沉默的理髮師吧）。我們可以在書中找到善人與惡人的典型，獎勵與懲罰，魔戒與具有法力的寶物等等。

雖然我們很容易就認為厚重的巨著會帶來沉重的壓力，不過我卻認為，有很多書的地位就在於它們的長度。例如說，在《天方夜譚》的例子裡，我們要知道的是這本書是一本大部頭的巨著，書中的故事會源源不斷地接下去，這些故事我們可能永遠聽都聽不完。我們可能讀不完一千零一夜裡的每一個夜晚，不過這些漫漫長夜的存在卻會讓整本書更有廣度。我們也都知道可以更深入地考究這些故事，也可以隨意瀏覽。而這些冒險故事、魔術師、美麗的三姊妹，以及種種驚奇冒險都會在書中，等待我們展開扉頁。

這邊還有幾本書是我要回憶的——例如，《哈克歷險記》，這本書是我最早開始閱讀的書之一。從那時起，我就已經反覆閱讀這本書好幾次了，還有《將就過日子》

（*Roughing It*）（這是我搬到加州後最早讀的書）和《密西西比河畔的歲月》（*Life on the Mississippi*）等書我也讀過好幾次。如果要我分析《哈克歷險記》，我會這麼說，要寫出一本好書，或許你只需要秉持一個簡單的中心原則就好了；故事的架構中應該要有一些有趣的想像空間才對。在《哈克歷險記》這本書裡頭，我們感受到了黑人，感受到了小男孩，感受到了小木筏，也感受到了密西西比河，以及漫漫長夜——這些故事元素都有助於想像的空間，也都是想像力很容易接受的題材。

我也要談談《唐・吉軻德》。這是一本我最早從頭到尾讀完的書之一。我都還記得書中的版畫插畫。我們對自己的了解真的很少，我在閱讀《唐・吉軻德》的時候，以為我會把書讀完是因為這本書的風格很復古，還有就是騎士跟他隨從的冒險都很好笑。不過我現在知道我閱讀的樂趣在哪裡了——我閱讀的快感就在於騎士的角色刻畫。我現在也不確定我還相不相信這些故事，也不知道還信不信騎士跟隨從之間的對話；不過我卻相信騎士的角色刻畫，也相信這些故事都是塞凡提斯想出來的，為的就是要更能夠呈現出故事角色的性格。

同樣的事情也可以在另外一本書中找到，我們或許也會把這本書稱為經典之作。就是福爾摩斯與華生醫生的故事。我不知道我還信不信貝斯克維爾獵犬（Baskervilles）的故事。我知道我不會被一隻漆上發光漆的狗嚇到。不過我確定的是，我相信福爾摩斯先生，我也相信他跟華生醫生之間獨特的友誼。

我們當然都不會知道未來會發生什麼事情。我認為就長期而言，所有的事情在未來都會發生。所以我們可以先想像出一個唐．吉軻德跟桑丘還有福爾摩斯跟華生醫生都還活著的時間，即使他們的冒險經歷都已經抹煞殆盡了也無所謂。因為，其他語系的人仍然會再接再厲地開發出適合這些角色的故事──這些故事會像鏡子一樣地反應出角色性格。就我所知，這種事情是很可能發生的。

現在我要跳過一段時間，直接討論我在日內瓦的歲月。我那個時候是個鬱鬱寡歡的年輕人。我覺得年輕人好像特別喜歡這種強說愁的感覺；他們幾乎是竭盡所能地讓自己愁眉不展，而且他們通常也都能夠得逞。然後我發現了一位作家，毫無疑問的，這位作家是個非常快樂的人。我應該是到了一九一六年的時候才讀到華特．惠特曼的詩，然後才覺得我那時的鬱鬱寡歡是很可恥的。我覺得很可恥，因為我還會刻意閱讀杜斯妥也夫斯基讓自己更悶悶不樂。我後來反覆閱讀華特．惠特曼的詩集好幾次，也讀過他的傳記，我在想，或許當華特·惠特曼讀到他自己的《草葉集》的時候，可能也會這樣子自言自語：「喔！真希望我是華特·惠特曼，自成一個宇宙，這個曼哈頓的好男兒！」[3]毋庸置疑的，他的確是一個與眾不同的人。毫無疑問，他從自己身上發展出「華特·惠特曼」的風格——這是一種奇妙之至的投射。

在此同時，我也發現了一位非常不同凡響的作家。我發現了湯馬士·卡萊爾（Thomas Carlyle）——我也為他的文采折服。我讀過他的《改造的縫工》（*Sartor Resartus*），而且還記得好幾頁內容；我已經背下這幾頁內容了。我就是因為卡萊爾的緣故才開始學德文的。我還記得我買過海涅寫的《浪漫歌集》（*Lyrisches Intermezzo*）還有一本德英字典。一段時日後，我發現我已經可以拋開字典，然後開始閱讀他描寫的夜鶯，他描寫的明月，他的松樹，他的愛，以及其他種種。

不過我那時真正想要的，還有我沒發覺到的其實是德國精神（Oermanism）的概念。我覺得，這種想法其實並不是德國人自己想出來的，而是由一位羅馬紳士，泰西德士（Tacitus），想出來的。在卡萊爾的引導下，我認為我可以在德國文學中找到這種德國精神。我發掘到的還有很多別的東西；我很感謝卡萊爾，因為經由卡萊爾我才會接觸到叔本華，才會讀到霍德林（Hölderlin），才會接觸到萊辛等人。不過我的想法——我認為人不見得都要是知識分子，不過卻都要能夠英勇盡忠，也要抱持著男子氣概來迎接宿命的挑戰——比方說，我就沒有在《尼伯龍根之歌》[5]裡頭找到這樣子的想法。這一切對我而言似乎都太過浪漫了。我要在好幾年後，在挪威人的英雄傳奇以及在研讀古英文的時候才找得到這樣的感覺。

最後我終於知道我年輕的時候在尋尋覓覓些什麼了。我在古英文裡找到了粗獷的語言，不過這種語言的粗獷卻帶來了一定的美感，也帶來了深刻的感受（即使這種感受說不上真正的深入）。我認為，能在詩歌當中有所感觸也就夠了。如果這種感觸衝著你而來，這樣的感覺也就夠了。因為我喜歡閱讀比喻，所以才開始研讀古英文。我在盧貢內斯的書中讀到，比喻是文學作品最根本的成分。我也接受了這樣的言論。盧貢內斯說，所有的文字在一開始的時候都是比喻。這種說法沒錯，不過如果要能夠知道大部分的字彙的話，你也要忘記這些文字也都是比喻的事實，這麼說也沒錯。例如，如果我說：「風格應該要樸素。」那麼我就不認為我們應該需要知道「風格」（style, stylus）的字源有「筆」的意思，而「樸素」（plain）的意思正好是「平坦」（flat）。因為如果這樣思考的話，是永遠也無法理解我這句話的。

請原諒我又要再次回憶起我的孩童歲月了，我又想起那個時候讓我驚為天人的作家。我在想到底有沒有人注意過，其實愛倫．坡跟王爾德都是相當適合兒童的作家。至少，愛倫．坡的小說在我小的時候就印象深刻，一直到現在，每次幾乎只要我重讀這些作品，他的文筆風格還是會讓我為之讚嘆。事實上，我想我很清楚為什麼愛默生會說艾德格．愛倫．坡的文筆「鏗鏘有聲」（jingle）了。我認為這些構成適合兒童閱讀的條件還可以套用到其他很多作家身上。在有些例子裡，這樣的陳述並不盡公正——比如說像是史蒂文生，或是吉普林的作品都是；儘管他們寫作的對象是大人，也考慮到小孩子。不過也有一些作家是年輕時必讀的作家，因為如果你已經到了髮蒼蒼而視茫茫的年紀才來讀這些書的時候，這些書可能就不那麼有趣了。我這樣說可能有點褻瀆，如果我們想要享受波特萊爾或是愛倫．坡的作品，我們就一定要年輕才能體會得到。上了年紀才來讀這些書的話就很難了。到了那時候我們就要忍受很多事情；那時我們就會考量到歷史背景等種種考量。

至於隱喻嘛，我現在要再附加一點，我現在認為隱喻遠遠比起我想像中還要來得複雜多了。隱喻不只是單純地把某件事比喻成另外一件事而已——不是說說「月亮就像那……」這樣的話就行得通了。沒那麼簡單——隱喻可以用更為精緻的方式來處理。想想羅伯．佛洛斯特吧！你當然還記得這一段話：

不過我還有未了的承諾要實現，
在我入睡之前還有幾哩路要趕，
在我入睡之前還有幾哩路要趕。

如果我們單單拿最後這兩行來看的話，第一行詩——「在我入睡之前還有幾哩路要趕」——這是一種陳述：詩人想到的，是好幾哩的路程還有睡眠。不過，就在他重複這句話的時候，「在我入睡前還有好幾哩路要趕呢」，這句話就變成一句隱喻了；因為「路程」代表的是「好幾天」、「好幾年」，甚至是好長好長的一段時間，而「睡眠」更是會讓人跟「死亡」聯想在一塊兒。或許我點出這一點並無助於各位的理解。或許這首詩的樂趣並不在於把「路程」解釋為「時光」，也不在於把「睡眠」解釋成「死亡」，而在於感受字裡行間的隱約暗示。

同樣的情形我們也可以在佛洛斯特的另外一首傑作找到，〈與深夜邂逅〉（*Acquainted with the Night*）。在一開頭，「我是與深夜邂逅的人」（I have been one acquainted with the night），這句話的意思可能真的就是字面上的意思。不過這句話在詩的最後一行又再度出現：

天上高掛的發亮的時鐘，
告訴我們時間雖不正確也沒錯。
我與深夜邂逅。

這樣我們就會把夜晚聯想成邪惡的意象——我想，這大概會是個慾火焚身的夜晚吧！

我剛剛談過唐·吉軻德，也講過福爾摩斯；我說過要相信故事的角色，而不是相信冒險故事，更別輕信小說家嘴裡說的話。我們現在可能會想，有沒有可能找到一本完全相反的例子。有沒有可能找到一本我們不相信故事角色，不過卻相信故事情節的書？我這裡又想到了另外一本令我頗為驚訝的書：我記得梅爾維爾的《白鯨記》。我不確定我是否相信亞哈船長這個角色，也不太確定我是否相信他跟白鯨之間的深仇大恨；我其實並無法把這兩個角色拆開來看。不過我還是很相信這些故事的——也就是說，就寓言的層次而言，我是相信這個故事的（不過我也不確定這究竟是個什麼樣的寓言——或許是個對抗邪惡的寓言，是描述用不正當的方式來對抗邪惡的寓言）。我在想會不會有這樣的書剛好談到這樣的問題。在《天路歷程》（*The Pilgrim's Progress*）一書中，我認為我是既相信寓言，也相信故事角色的。這一點我們就應該好好研究研究了。

記得諾斯替教徒（Ghostics）說過，唯一能夠免於犯罪的方法就是去犯罪，因為從此以後你就會改過向善了。在文學的領域裡，這種說法是完全正確的。如果在我寫完了十五冊讓人受不了的書之後，發現這些書裡頭還有四、五頁的篇幅是可以接受的話，我還是會很高興的。而我不但要付出多年的努力，更要經歷磨練與犯錯的過程。我想我是不至於犯完所有可能會犯的過錯吧——因為錯誤是數也數不盡的——不過我犯過的過錯還真的不少。

例如說，跟很多年輕作家一樣，我也曾以為自由詩體（free verse）會比格律工整的詩要來得好寫。不過我現在可以相當肯定地說，自由詩體要比格律工整的古詩遠遠來得難寫。而我的證據就是——如果還需要什麼證據的話——文學的濫觴都是從詩歌開始的。我大概會這麼解釋，一但格律訂定之後——不管是哪種格律，是押尾韻、押母韻、押頭韻，或是採用長音節、短音節等等格律都好——你只要重複遵循這些格律就好了。如果你想寫散文的話（當然啦，散文誕生於詩歌之後），那麼你就需要像是史蒂文生說過的，一種比較精緻的風格。因為讀者的耳朵總會期待聽到一些東西，不過卻往往得不到他們期待的效果。因此，作家就必須還要再加入一些東西；而這些後來附加上去的東西總是多少會有失敗的嘗試，不過也會有令人滿意的結果。因此除非你有華特・惠特曼或是卡爾・桑德堡（Carl Sandburg）的天賦，要不自由詩體的難度總是比較高的。我現在幾乎已經是行將就木了，不過我至少發現押韻工整的古體詩還比較好寫。另外一項原因，另外一項會讓押韻詩比較好寫的原因，就在於你一旦寫了一行詩，一旦你決定要認真地發展這首詩，你自然就會限定自己要追隨這句話的韻腳。而既然韻腳可以選擇的字多到數不完，這樣一來這首詩也就會比較好寫了。

當然啦，重要的地方其實還是格律韻腳背後的事。跟所有的年輕作家一樣——我也曾經自欺欺人過。我一開始的想法是大錯特錯的，我那時在讀過卡萊爾與惠特曼的作品之後，就斷定卡萊爾寫的散文還有惠特曼寫的詩歌，已經是唯一可能的寫作模式了。不過那時卻沒有注意到一項事實，就是這兩個風格絕對相反的人，都已經臻於寫作散文詩歌的完美境界了。

在我開始動筆之後，我常常會告訴自己的想法有多麼膚淺——如果有人看透這些想法的話，他們一定會鄙視我。因此我就開始自我偽裝。一開始，我試著想成為十七世紀的西班牙作家，也覺得自己在拉丁文有一定的修為。不過我懂的拉丁文其實還只是皮毛而已。我現在已經不會覺得自己還是十七世紀的西班牙作家了，而我夢想成為西班牙文壇的湯馬士．布朗寧爵士（Sir Thomas Browne）的嘗試也徹底失敗。或許那時寫下的詩還有幾首聽起來不錯的。當然了，我那時的觀念是想要拼湊出一些絢麗的詞藻。現在我認為一味地追求絢麗其實是錯的。我覺得這種觀念是錯的，原因是這些華麗的詞藻其實是虛榮的象徵。如果讀者覺得你的在道德上有所缺陷，那麼他們也就沒有理由還要崇拜你，或是還要忍受你了。

接著我又犯了一個很常見的過錯。我那時幾乎是盡其所能地——我真的是用盡所有的辦法——目的就是想成為一位符合當代趨勢的作家。歌德有一本叫做《威廉・邁斯特之修業年代》[6]的書裡頭有個角色說過，「好吧，你想怎麼評論我就怎麼說吧，不過沒有人能夠否定我是一個跟得上時代的人。」歌德小說中這個荒謬之至的角色，跟想盡辦法想追逐當代流行的我，其實是半斤八兩的。我們都已經是當代的作家了；我們幹嘛還要動腦筋想跟隨當代流行。具不具備當代性跟主題取材或是文筆風格完全是兩碼子事。

如果你讀過瓦特・史考特爵士（Sir Walter Scott）的《薩克遜劫後英雄傳》（*Ivanhoe*）或是（這個例子是比較另類一點）福樓拜的《薩蘭波》（*Salammbô*），你都可以看得出來這些作品是在哪個年代完成的。雖然福樓拜宣稱《薩蘭波》是一本「迦太基的故事」（roman cartaginois），不過任何一位稱職的讀者在讀過這本書的第一頁之後都會發現，這本書其實並不是在迦太基寫的，而是一位十九世紀的法國知識分子寫的。至於《薩克遜劫後英雄傳》，我們不會被故事裡頭的城堡、騎士以及薩克遜的養豬人所欺騙的。我們在閱讀這些書的時候，我們會一直以為我們在閱讀的是一位十八或是十九世紀的作家。

除此之外，我們是當代人的原因很簡單，因為我們都活在當代。從來都沒有人發現過從前時代的生活藝術，即使是具有未來前瞻性的人也未必可以發現未來世界的奧祕。不管我們要不要成為當代人，我們都已經是了。或許就連我批判現代性的舉動其實也都是現代性的一種。

我在寫故事的時候，都是盡力而為的。我會在文章風格上下很大的工夫，有的時候這些故事還都隱藏在許多的層次節理之下。比如說，我想過一個很棒的故事情節；也因此寫下了〈不朽〉④這個故事。故事背後的觀念——這些點子對任何一位讀過這故事的人都可能會是一個驚喜——就是說，如果有人真的是不朽的話，那麼時間一久（當然這段時間真的會很久），他應該就已經說過所有的話，做過所有的事，也寫過所有該寫的東西了。我就以荷馬為例來說明吧；假設真的有這麼一個人，而且他也已經完成了《伊里亞德》，然後荷馬還會繼續活下去，而他也會與時俱進隨著時代改變。當然最後他會忘光他的希臘文，而且時間一久，他也會忘記他曾經是荷馬。終究會有一天，我們不只會把波普翻譯荷馬的作品當作一部藝術傑作（當然事實上也是如此），而且也會認為這部翻譯作品還相當忠於原著呢。荷馬會忘記自己就是荷馬的原因，就隱藏在我為故事編織許多複雜的結構。事實上，就在我幾年前重讀這本書的時候，我發現這本書寫的其實是人類的大徹大悟，而且我也必須要回到我原先的計畫，如果我能夠只因單純寫下這本書而感到心滿意足，而不要刻意加上這許多華麗的詞藻以及許多怪異的形容詞或是比喻的話，這本書會是一本佳作的。

我知道我領悟到的還不是什麼大智慧，或許這只是一點小領悟而已。我是把自己當成一位作家的。而身為一位作家對我究竟有什麼意義呢？這個身分對我而言很簡單，就是要忠於我的想像。我在寫東西的時候，我不要只是忠於外表的真相（這樣的事實不過是一連串境遇事件的組合而已），而是應該忠於一些更為深層的東西。我會寫一些故事，而我會寫下這些東西的原因是我相信這些事情——這不是相不相信歷史事件真偽的層次而已，而是像有人相信一個夢想或是理念那樣的層次。

我在想我們會不會被我很重視的一個研究誤導了：也就是我在文學史上的研究。我在想我們是不是對歷史太不夠敏感了吧（我希望我這麼說不是在褻瀆）。對文學史的敏銳——關於這一點，其實任何一種藝術形式都一樣——都是一種不信任，也都是一種質疑。如果我這麼說，華茲華斯以及佛藍（Verlaine）都是十九世紀相當優秀的詩人，那麼我就很可能落入陷阱，認為歲月多少都摧毀了他們，而他們在現在已經不像以前那麼地優秀了。我認為古老的想法——也就是說我們在認定完美的藝術作品的時候，可以完全不考量時間的因素——這種說法其實才是比較勇敢的說法。

我讀過幾本討論印度哲學史的書。這些書的作者（不管是英國人、德國人、法國人或是美國人都一樣），總是對於印度人完全不具歷史觀百思不解——印度人把所有的哲學家都當成當代的思想家。他們用當代哲學研究的術語來翻譯古老哲學家的作品。這種嘗試其實是很勇敢的。這種情形也解釋了我們要**相信**哲學、**相信**詩歌——也就是說，曾經是美的事物也可以一直延續它的美。

雖然我覺得我在這樣說的時候是很沒有歷史觀的（因為文字的意思以及言外之意當然都會改變），不過我還是認為會有這種超越時空的詩句的——比如說，維吉爾寫過「他們穿越寥無人煙的暗夜」[5]（我不記得我有沒有查證過這行詩——我的拉丁文很爛的），或是有位古英文詩人寫過的「白雪自北方飄落……」[6]，或者是莎翁說過的，「你是音樂，為什麼悲哀地聽音樂？／甜蜜不忌甜蜜，歡笑愛歡笑。」[7]——我們在讀到這樣的詩句的時候其實已經超越時空了。我認為美是永恆的；而這當然也就是濟慈在寫下「美麗的事物是亙久的喜悅」⑧他所念茲在茲的。我們都能夠接受這行詩，不過我們是把這行詩當成一種標準的說詞，當成是一種公式來看待的。有的時候我真的很勇敢地懷抱希望，希望這種說法能夠成真——儘管作家的寫作時間不同，也都身處在不同的環境、不同的歷史事件與時代背景中，不過永恆的美多少總是可以達成的。

當我在寫作的時候，我會試著忠於自己的夢想，而盡量別侷限在背景環境中。當然，在我的故事當中也有真實的事件（而且總是有人告訴我應該把這些事情講清楚），不過我總是認為，有些事情永遠都該要摻雜一些不實的成分才好。把發生的事件一五一十的說出來還有什麼成就可言呢？即使我們覺得這些事情不甚重要，我們多少也都要做點改變；如果我們不這麼做的話，那麼我們就不把自己當成藝術家看待了，而是把自己當成是記者或是歷史學家了。不過我也認為所有真正的歷史學家也都跟小說家一樣有想像力。比如說我們在閱讀吉朋作品的時候，從中獲得的喜悅其實也不下於我們閱讀一本偉大的小說。畢竟，歷史學家對於他研究的人物知道的也不多。我想歷史學家也得要想像歷史背景吧！就某種程度而言，像是羅馬帝國的竄升與沉淪這些故事，他們都必須要當成是自己創作出來的。只不過他把這些歷史創造得太棒了，我也就不會接受其他任何對歷史的解釋了。

如果要我對作家提出建言的話（不過我不認為他們會需要我的建議，因為每個人都要去發掘出屬於自己的東西），我只會這麼說：我會要求他們儘可能地不要矯飾自己的作品。我不認為矯揉造飾的修補會對文章帶來什麼好處。時間一到，我們就會知道自己該做些什麼了——那時你會聽到你真實的聲音，還有你自己的旋律。同時我也不認為小幅度的校訂修正會有什麼用。

我在寫作的時候是不會考慮到讀者的（因為讀者不過是個想像的角色），我也不會考慮到我自己（或許這是因為我也不過是另一個想像的角色罷了），我想的是我要盡力傳達我的心聲，而且盡量不要搞砸了。我年輕的時候相信表現（expression）這一套。我也讀過克羅齊，不過閱讀克羅齊的書對我並沒用。我要的是把所有的事情表達出來。比如說，如果我需要落日的話，我就要找到一個能夠準確描寫落日的字彙——或者是要找到一個最令人驚嘆的比喻。不過我現在做出了結論（而這種結論聽起來可能會有點感傷），我再也不相信表現這一套說法了：我只相信暗示。畢竟，文字為何物呢？文字是共同記憶的符號。如果我用了一個字，那麼你應該會對這個字代表的意思有點體驗。如果沒有的話，那麼這個字對你而言就沒有意義了。我認為當作家的只能暗示，要讓讀者自己去想像。如果讀者反應夠快的話，他們會對我們僅僅點出帶過感到滿意的。

這就牽連到效率的問題了——在我個人的例子裡，這也牽連到怠惰。有人問過我，為什麼我沒寫過長篇小說。當然，懶惰會是我的第一個理由。不過我還有另外一個理由。每次我讀長篇小說的時候總是會覺得很累。長篇小說需要鋪陳；就我所知，我認為鋪陳也是長篇小說不可或缺的條件。不過有很多短篇小說我卻可以一讀再讀。我發現在短篇小說裡頭，像是在亨利．詹姆斯或是魯亞．吉普林的短篇小說，你能夠得到的深度跟長篇小說是一樣的，甚至短篇小說讀起來還更有趣呢。

我想這就是我的信條了吧！在我決定要以「詩人的信條」作為演講的時候，我那個時候很老實地認為，一但我講完這五場演講之後，我一定會在過程中發展出一些信條。不過我現在認為，應該要向各位說，除了我跟各位分享過的一些建議與誤解之外，我並沒有特定的信條。

我在寫東西的時候，我會儘可能地別去了解這些東西。我不認為智能才情跟作家的作品有什麼關聯。我認為當代文學的罪過就是自我意識太重了。比方說，我覺得法國文學是世界上最偉大的文學之一（我不認為有人可以懷疑這種說法）。不過卻也覺得，法國作家的自我意識普遍都太過鮮明了。法國作家通常都會先界定自我，然後才會開始了解到他想要寫些什麼。他可能會說：（我舉個例子）為什麼天主教徒會出生在這種地方呢？為什麼他會是個社會主義者？寫下來。或者是說，為什麼我要以第二次世界大戰為背景呢？我相信世界上已經有很多人動腦筋想過這個虛幻的問題了。

我在寫作的時候（我本人當然不是一個很客觀的例子，我不過是要提出一些警訊而已），我會試著把自己忘掉。我會忘掉我個人的成長環境。我就曾經試過，我不會把自己當作「南美洲的作家」，我只不過是想要試著傳達出我的夢想而已。如果這個夢想不是那麼綺麗的話（我個人的情況通常都是如此），我也不會想要美化我的夢想，或者是想要了解它。也許我做的不錯吧，因為每次我讀到評論我的論著的時候──做這種事情的好像有很多人喔──我常常會嚇一跳，我也很感謝這些人，因為他們總是能夠從我信步所至寫出來的東西，找出一些相當深沉的意義。我當然很感謝這些人，因為我認為寫作不過是一件分工合作的工作而已。也就是說，讀者也要做好他份內的工作；他們要讓作品更豐富。同樣的事情也發生在演講上。

你以後可能會回想起你曾經聽過這場精彩的演講。如果是這樣的話，那麼我要恭喜你。因為你畢竟是跟我一起合作完成這場演講。如果沒有你的參與，這場演講也不會如此精彩，更別說能讓人受得了了。我希望各位在今晚也都與我通力合作。既然今晚的講座跟之前幾晚的不一樣，我也要來談談我自己。

我在六個月前來到了美國（我要引用威爾斯〔Wells〕這本名著的標題），在我的國家裡，我事實上是一個「隱形人」（the Invisible Man）⑨。在這裡，多少有人看得到我。在這裡，有人讀我的書——他們真是研讀過很多我的書，有些他們反覆深究的作品我甚至都已經忘光了。他們問我，為什麼某某某在答詢之前是如此的沉默。這時我就開始想，這個某某某到底是誰，他為什麼要保持緘默，他又回答了些什麼呢？我遲疑了一會兒才回答他們。我告訴他們，這個某某某之所以在回答問題之前會先沉默，是因為我們在回答問題之前，通常也都會先保持沉默。不過，這些事情總會讓我感到很快樂。我想如果你們崇拜我的作品的話（我很懷疑你們會不會），那你們就錯了。不過我卻把這份崇拜當成是一份慷慨的失誤。我覺得我們總是要試著去相信一些事情，即使這些事情後來讓你很失望也無所謂。

如果我現在是在開玩笑的話，我會這麼做的原因是因為我心裡頭有這樣的想法。我開玩笑是因為我真的感受到這些想法對我的意義。我知道應該回顧一下我今晚說了些什麼。我會想：為什麼我沒說到應該要說的事呢？為什麼我沒談到這幾個月以來在美國的感想——還有這些認識以及不認識的朋友對我的意義呢？不過，我想我的這些感受多少也都傳達到各位身上了。

我被要求一定要談論一些我寫的詩；所以我來談談一首我寫的十四行詩，是一首談論史賓諾莎的詩。在座有許多位可能不懂西班牙文，不過這剛好可以讓這首詩更美好。就像我說過的，意義並不重要——重要的是詩中的音律，還有談論事情的方式。即使詩中沒有音樂，你們或許也都還能感受得到。要不然，既然我知道在座的各位都如此大方，那麼你們就為我創造出一些音樂吧！

現在我們就來看這首詩，〈史賓諾莎〉：

猶太人的手，在薄暮中看來有點透明，
一次又一次地擦拭鏡片。

這個逝去的午後是恐懼、
是冷峻，所有的午後也都是這般。
這雙手以及風信子藍的空氣
在猶太社區邊緣發白
對這個寂寞的人而言彷彿都不存在
他召喚出一個一目了然的迷塞，
他並不為虛名所惑——這不過反射在
另一面鏡子的夢境——或是少女靦腆的愛意。
他完全不受比喻與神話的困惑，碾碎了
一塊頑強的水晶：這是引領他的廣大星圖。⑩

1 佩斯卡特（William Hickling Prescott, 1796～1859）美國歷史學家，他批判地運用史料，為美國科學歷史學家之第一人。所譯的《祕魯征服史》（*Conquest of Peru*）已譯成十一種語言，再版一六〇次以上。

2 《紅色英勇勳章》（*The Red Badge of Courage*），美國十九世紀作家可萊恩（Stephen Crane）的作品，展現了恐懼心理，是一部心理分析小說，為戰爭小說開闢了新途徑。

3 安東・加朗（Antoine Galland, 1646-1715），法國東方學專家，以改編《一千零一夜》（*Thousand and One Nights*）著稱。

4 平板角色、平板人物（flat character），小說家佛斯特（E. M. Forster）所用術語，形容只按一種觀念或特質塑造的人物。平板人物不會令讀者感到意外，只要一眼即可看出來，一句話就可以代表出平板角色的特質。常與完整人物（round character）對照使用。

5 《尼伯龍根之歌》（*Nibelungenlied*），作者不詳，十二世紀敘事詩，奧地利古世紀騎士文學作品。

6 《威廉・邁斯特之修業年代》（*Wilhelm Meisters Lehrjahre*），本書描寫富商之子威廉・邁斯特一生經歷。自一七九五年出版之後，即為「教養小說」（Bildungsroman）之經典之作。凡以德文創作之近代小試，幾乎都可以直接追溯到這部書，教養小說也成為德國長篇小說的主流。

評論

論收發自如的詩藝

凱林—安德・米海列司庫

一九六七年秋天，波赫士來到哈佛講授諾頓講座[1]（Notron Lectures）的時候，他已經是長久以來大家公認的瑰寶了。他說道，長久以來異議分子的身分，使得他在自己的國家儼然已經成為隱形人了。不過他在北美洲的同代作家（除了一些熱情客套的溢美之外），卻認定他註定要成為流傳後世的名家之一。我們知道，至少到現在為止此言真的不假：波赫士的作品抵擋得住歲月的淘汰[2]，這位遭人遺忘的異議分子的魅力與地位卻也從未衰減。三十多年來，這六場講座未曾付梓，這些演講的錄音帶也從此被放在圖書館儲藏室裡囤積塵埃。塵垢終於堆積得夠久了，這些錄音帶也得以重見天日。先前伊果・史特拉汶斯基（Igor Stravinsky）也以「音樂詩學六講」（Poetics of Music in the Form of Six Lessons）為題，在一九三九年至一九四〇年間發表於諾頓講座，這些精彩的講座內容於一九七〇年也由哈佛大學出版社發行。史特拉汶斯基的例子證明，即使講座內容經過很久的一段時間之後才出版問世，它們的重要性卻未曾稍減。波赫士現在的魅力跟三十年前比起來，絲毫不遑多讓。

《波赫士談詩論藝》是一本介紹文學、介紹品味，也介紹波赫士本人的書。就全書內容來看，只有《波赫士開講》[3]一書，也就是他在一九七八年五、六月間在布宜諾斯艾利斯的貝爾格諾大學（University of Belgrano）發表的五場演說可以與之相提並論——不過這幾場演說的廣度卻比不上本書。這幾場諾頓講座比起《波赫士開講》還早了十年，是文學界的一大資產。本書信筆捻來，是如此地虛懷若谷，我們可以看到波氏的幽默諷刺，而且總是可以從此書獲得啟示。

第一場講座，〈詩之謎〉於一九六七年十月二十四日發表，討論的是詩歌的主體地位，也很有效地引領我們進入這本書。〈隱喻〉（於十一月十六日發表）以李奧波多・盧貢內斯為典範，探討的是幾個世紀以來詩人一再採用的同樣隱喻模式。而波赫士也提到，這些隱喻的典型可以歸類為十二種「基本的典型」，而其他的典型是為了達到驚人的效果，所以也就比較曇花一現。〈說故事〉這篇講座專門討論史詩（於十二月六日發表），波赫士對於現代人忽略史詩的情況提出建言，他思考了小說之死，並且也提出當代人類的處境也反應在小說的意識形態裡頭：「我們並不相信幸福，這是我們時代的一大悲哀。」他在這裡也表現出他與華特・班雅明與法蘭茲・卡夫卡思想上的相似之處（他認為後者跟蕭伯納與卻斯特頓相比只能算是個小作家而已）。他倡導小說敘述的立即性，不過他的立場卻也有點反小說，把他未創作小說的原因歸罪於他的懶惰。〈文字——音韻與翻譯〉（於一九六八年二月二十八日發表）是一段探討詩歌翻譯的大師級之作。〈詩與思潮〉（三月二十日發表）探討的是文學的地位，展現出他信步所至的風格，而不是理論思辯的方式。波赫士認為魔術般的音樂真理比起理性思考的作品還來得強而有力，一味挖掘詩歌裡頭的意義是拜物的行為，他也認為太過有力的隱喻將會破壞詩歌的詮釋架構，反而不會增添更深刻的意義。〈詩人的信條〉（四月十日發表）是一番自我告解，是一種他在「活了大半輩子後」的文學誓言。波赫士的創作力在一九六八年間還處於高峰，他最一流的作品在那時都尚未發行，像是《波迪博士報告》（*El informe de Brodie*〔*Dr. Brodie's Report*〕, 1970）——此書收錄了他自稱最好的作品，〈侵者〉（*The Intruder*）——以及《砂之書》（*El libro de arena,*〔*The Book of Sand*〕, 1975）。

這幾場諾頓講座由一位先知講授，而他也經常被拿來跟其他的「偉大的西方盲人導師」相提並論。波赫士對荷馬的崇拜從未更改，對於喬伊斯的評價雖然很高，不過卻也很複雜，而他對米爾頓有些微的厭惡與質疑，這一切都說明了他身處的傳統。他的眼疾持續惡化，到了一九六〇年左右就已經幾近全盲，只能看得到一片橙橙的黃。整本《虎之金》（*El oro de los tigres,*〔*The Gold of the Tigers*〕,1972）忠實呈現了他最後能看得到的顏色。波赫士的演說方式很獨特，也很令人歎為觀止；他在演說的時候眼睛會往上看，他的表情溫柔中又帶點羞澀，好像就已經接觸到了文本的世界一樣——文字的色彩、觸感、音符躍然浮現。對他而言，文學是一種體驗的方式。

波赫士在大部分以西班牙文進行的訪談或是公開演說的口氣總是很直率，腔調也有點怪異，不過他在《波赫士談詩論藝》裡頭儼然就是榮譽貴賓的口氣了，不但娓娓道來，更是收放自如。這本書雖然寫得相當淺顯易懂，不過卻不會大放厥辭的妄加教誨；相反的，本書充滿了深刻的個人反省，不但不會過於天真爛漫，也不至於憤世嫉俗。本書保留了口語溝通的即時性——保留了言談當中的流暢感、幽默以及偶爾的停頓（本書波赫士的句法只有在必須調整句子才合乎文法或是才看得懂的情況下才做更改。此外，波赫士偶爾幾次的引喻失誤也做了一些修改）。這本口語化的文本可以帶給讀者不拘形式的感覺，以及更多溫暖的感受。

波赫士對英文的熟稔更是迷人。他從很小的時候就從跟隨祖母學習英文，他的祖母是從斯塔福郡（Staffordshire）來到布宜諾斯艾利斯的。他的雙親更是精通英文（父親是心理學以及現代語文的教授；而他的母親則是一名翻譯家）。波赫士的英文不但說得流暢，更是極具音樂性，子音的發音不但優雅。更能夠悠游於古英文鏗鏘有力的母音。

我們在閱讀波赫士的宣言的時候，千萬別光看言語的表面意義，像是他說他還在「摸索」自己的路，像是說他是個「膽小而絕不是大膽的思想家」，或者像是他的文化背景是「一連串不幸的大雜燴」等等[4]。波赫士的學養絕對是相當的深厚，而他的作品主旨也經常明顯地融入了自傳式的成分——也就是學海無涯的主題。他的記憶力相當驚人：他的視力很差，根本就不可能看得到筆記[5]，所以他在發表這六場演講的時候也完全沒依賴過筆記的提示。在他過目不忘的驚人記憶力幫助下，波赫士援引了相當豐富的文本為例，這也使得他的演講變得更為豐富——他個人的美學總是建立在文學的根基上。他引用到文學理論的機會並不多；引述評論家的機會也很少；而哲學家也只有在不脫離純粹抽象思考的時候才引得起他的興趣。因此，他記憶中的世界文學總是能夠以純文學的風貌娓娓道來。

在《波赫士談詩論藝》一書中，波赫士跟歷代的作家與文本展開對話，而這些題材即使是一再反覆引述討論也總還是顯得津津有味。他引述過的題材包括荷馬史詩，維吉爾，《貝奧武夫》，冰島詩集，《天方夜譚》，《可蘭經》以及《聖經》，拉伯雷，塞凡提斯，莎士比亞，濟慈，海涅，愛倫坡，史蒂文生，惠特曼，喬伊斯，當然還有他自己。

波赫士的偉大有一部分來自他的才氣機智與優雅精練，這種特質不但出現在他的作品，更是他出現在他的生活中。有人問他有沒有夢過璜．貝戎（Juan Peron）（阿根廷獨裁者，也就是艾維塔〔Evita〕的亡夫），波赫士反駁道：「我的夢也是有品味的——要我夢到他，想都別想！」[6]

（本文作者為University of Western Ontario現代語言文學系副教授，亦為原書編者）

1 我要在此感謝美麗達・亞當姆森（Melitta Adamson），雪利・克理丁尼（Sherri Clendinning），理查・葛林（Richard Green），克莉絲提納・強森（Christina Johnson），葛羅莉雅・可優尼恩（Gloria Koyounian），湯馬士・歐端吉（Thoams Oragne），安德魯・史記伯（Andrew Szeib），貞・道斯威爾（Jane Toswell），以及馬瑞克・本（Marek Urban）。如果沒有他們的襄助，把這些講座內容謄錄為書本的過程將會變得更艱難。我尤其更該感謝哈佛大學出版社的資深編輯，馮莉亞・愛斯確（Maria Ascher），有了她的專業以及對波赫士的全心投入，這本書才得以問世。

2 波赫士以他一慣的反諷口吻，宣稱跟其他的作家相比，他其實是比較不會自我解嘲的——他的好朋友阿多福・畢歐（Adolfo Bioy）就是箇中高手。「想到我將來會被人所遺忘我就舒服些。人們的遺忘會讓我變成無名小卒，不是嗎？」《波赫士——畢歐：懺悔錄，懺悔錄》（*Borges-Bioy: Confesiones, confesiones*），羅多福・布拉西理（Rodolfo Braceli）編輯，（Buenos Aires: Sudamericana, 1997），第五一至五二頁。

3 《波赫士開講》（*Borges, oral*）一書收錄了他在貝爾格諾大學演講的「個人心得」。依據發表的時間排到，全書討論的重點包括書本，不朽，史威登堡（Swedenborg），偵探小說，以及時光等等。《波赫士開講》最早由布宜諾斯艾利斯的艾明斯出版社（Emecé Editores）於一九七九年發行。並於稍後再版，收錄於《波赫士全集》（*Obras completas*）中的第四冊（布宜諾斯艾利斯：艾明斯出版社，一九九六），第一六一—二〇五頁。本書自出版以來，即為研究波赫士學者的標準參考書籍，也是西班牙文世界讀者的參考書。

4 參閱本書第二講；亦可參考《波赫士─畢歐：懺悔錄，懺悔錄》，第三頁。

5 波赫士驚人的記憶力已經成為一則傳說軼事。有一位研究羅馬尼亞語的美國語言學教授指出，他曾經在一九七六年在印第安那大學（University of Indiana）跟波赫士聊過天，而這位阿根廷作家竟然向他背誦了八段的羅馬尼亞詩。波赫士說這幾首詩是他親自跟作者學的，當時是一九一六年，詩的作者則是流亡至日內瓦的年輕難民。而波赫士竟然不懂羅馬尼亞文。不過波赫士的記憶也很奇怪，他似乎有種傾向，別人的作品他可以記得相當清楚，不過卻經常宣稱他完全忘記了他寫過的作品。

6《波赫士─畢歐：懺悔錄，懺悔錄》，第六〇頁。其他收錄了波赫士訪談的書籍還包括了*Dos palabras antes de morir y otras entrevistas*, ed. Fernando Mateo（Buenos Aires: LC Editor, 1994）; *Borges, el memorioso: Conversaciones de Jorge Luis Borges con Antonio Carrizo*（Mexico City: Fondo de Cultura Económica, 1982）; *Borges: Imágenes, memorias, diálogos*, ed. Mariá Esther Vázquez, 2nd ed.（Caracas: Monte Ávila, 1980）; and Jorges Luis Borges and Osvaldo Ferrari, *Diálogos últimos*（Buenos Aires: Sudamericana, 1987）。

附錄 原書注釋

除了特別聲明外，本書所有引用的翻譯皆出自於本書編輯（凱林—安德・米海列司庫）之手。

第一講　詩之謎

①威廉・莎士比亞，第八十六首十四行詩。

②毫無疑問，波赫士在此想到的是柏拉圖的《斐德羅篇》（*Phaedrus*）（第275段之d）。「我不得不想起斐德羅，很不幸的，寫作跟繪畫很相像；畫家在創造的時候當然有他個人的人生觀，不過如果你詢問他的人生觀，他們也只好保持嚴肅的靜默。」（翻譯：班哲明・裘衛〔Benjamin Jowett〕）根據蘇格拉底的

說法，教導與溝通都只能經由口語的方式進行；而這就是「真正的寫作方法」（278b）。用筆墨書寫就好比是用「白開水」來寫作，因為文字並無法自我辯護。因此，口語的語言——「也說是活生生的知識，是有靈魂的。」——會比書寫的文字來得優越，而書寫的文字也不過就是字面的意象而已。用筆墨書寫的文字無法辯解，也只有相信的人才不會要他們辯解。

③ 拉菲爾・坎西諾—阿賽恩（Rafael Cansinos-Asséns）是一位安達魯西亞的作家，而波赫士對他「令人驚豔的回憶」更是他百說不厭的話題。早在一九二〇年代初期，這位阿根廷年輕作家就已經經常光顧這裡的藝文圈了。「碰到他，我就好像是進入了東方與西方的圖書館。」（Roberto Alifano, *Conversaciones con Borges.*〔Buenos Aires: Debate, 1986〕, 101-102）坎西諾—阿賽恩誇稱自己可以用十四種語言跟星星打招呼（不過波赫士在另外一個場合中說他會十七種）——包括現代與古代的語言他都會——他還能夠翻譯法文、阿拉伯文、拉丁文以及希伯來文。參閱Jorge Luis Borges and Oswaldo Ferrari, *Diálogos*（Barcelona: Seix Barral, 1992）, 37。

④馬賽多尼歐・費南德茲（Macedonio Fernández, 1874-1952）極力擁護絕對的理想主意，他對於波赫士的景仰可以說是與日俱增。他也是波赫士曾經拿來跟亞當的開創性作比較的兩位作家之一（另外一位是惠特曼）。這一位最不典型的阿根廷作家如此說道：「我寫作的原因是因為寫作能夠幫助我思考。」他創作詩的數量相當豐富（全都收錄在*Poesías completas*, ed. Carmen de Mora〔Madrid: Visor, 1991〕）以及為數頗多的散文，包括〈開始的小說〉，〈最近收到的報紙：無法延續〉，〈永恆小說之博物館：第一篇好小說〉，〈無形心靈術〉，〈布宜諾斯艾利斯：最後一篇爛小說〉等等。波赫士與費南德茲甚至還在一九二二年共同創辦了一份文學期刊*Proa*。

⑤莎士比亞，《哈姆雷特》（*Hamlet*），第三幕，第一景，第五十七至九十行。

⑥但丁・嘉布瑞・羅西蒂，〈涵蓋一切〉（*Inclusiveness*），第二十九首十四行詩，收錄於《羅西蒂詩選》（*Rossetti, Poems*），第一版。（倫敦：艾莉絲，1870），二一七頁。

⑦Heraclitus, Fragment 41, in *The Fragments of the Work of Heraclitus of Ephesus on*

Nature, trans. Ingram Bywater (Baltimore: N. Murray, 1889). See also Plato, *Cratylus*, 402a; and Aristotle, *Metaphysics*, 101a, n3.

⑧ Robert Browning (1812-1889), "Bishop Blougram's Apology," lines 182-184.

⑨ 波赫士的詩〈獻給拉菲爾・坎西諾—阿塞恩〉（*To Rafael Cansinos-Asséns*），是這麼說的：

Long and final passage over the breathtaking height of the trestle's span.
At our feet the wind gropes for sails and the stars throb intensely.
We relish the taste of the night, transfixed by
darkness-night become now, again, a habit of our flesh.
The final night of our talking before the sea-miles part us.
Still ours is the silence
where, like meadows, the voices glitter.
Dawn is still a bird lost in the most distant vileness of the world.

This last night of all ,sheltered from the great wind of absence.
The inwardness of Good-bye is tragic,
like that of every event in which time is manifest.
It is bitter to realize that we shall not even have the stars in common.
When evening is quietness in my piano,
from your pages morning will rise.
Your winter will be the shadow of my summer,
and your light the glory of my shadow.
Still we persist together.
Still our two voices achieve understanding
like the intensity and tenderness of sundown.

本詩由羅伯・費茲傑羅（Robert Fitzgerald）翻譯，摘錄自《波赫士詩選，1923-1967》（*Selecte Poems, l923-1967*），ed. Norman Thomas di Giovanni.（New York:

Delacorte, 1972），193,248.

⑩《航海家》（*The Seafarer*）,ed. Ida Gordon（Manchester: Manchester University Press, 1979），37, lines 31b-33a. 波赫士在「冰霜覆蓋了曠野」（rime bound the fields）這一句話的翻譯省略了原文當中重複出現的「大地」（earth）。如果依照原文逐字翻譯的話，這句話應該是「冰雪覆蓋了大地」（rime bound the earth）。

⑪這段有名的話（"Quid est ergo tempus? Si nemo ex me quaerat scio; si quaerenti explicare velim, nescio"）摘錄自奧古斯丁的《懺悔錄》，11. 14.。

第二講　隱喻

①里奧波多·盧貢內斯是二十世紀初阿根廷的大作家，早年是個現代主義者，他的《感傷的月曆》（*Lunario sentimental*）（Buenos Aires: Moen, 1909）是一本環繞著月亮為主題的詩歌、短文以及劇本的精選集；本書出版時曾經引起輿論憤慨，因為此書打破了業已建立的高知識現代主義精神（*modernismo*），也嘲諷了喜愛這種品味的讀者。盧貢內斯是波赫士作品當中經常引述與評論的作家。

請參閱波赫士的"Leopoldo Lugones, *Elimperio jesuítico*," *Biblioteca personal, in Obras completas*（作品全集），vol. 4（Buenos Aires: Emecé; Editores, 1996），461-462. 盧貢內斯在此書被描述成「一位具有根本信仰與熱情的人」。

② 波赫士此處提到的是華特・W・史基德牧師（Reverend Walter W. Skeat）所編著的《英語字源字典》（*An Etymological Dictionary of the English Language*），本書於一八七九至一八八二年間首度於英國牛津出版。

③ 我們今日知道的希臘作品選大約收錄了三百名作家的四千五百多首短詩，代表了希臘自西元前七世紀至西元十世紀的希臘文學作品。這些作品主要被收錄在兩個版本的精選集裡，而收錄的內容也會有重複之處。一本是巴拉丁版文選（Palatine Anthology）（該版本於十世紀時完成，取這個名字的原因就是因為這本書存放的地點就是海德堡的巴拉丁圖書館），另外一個版本是普拉努丁版文選（Planudean Anthology）（該版本可追溯至西元十四世紀，以該選集的編輯，同時也是修辭學家的馬克西馬・普拉努丁〔Maximus Planudes〕的名字命名）。普拉努丁版的希臘文選於一四八四年於佛羅倫斯出版；巴拉丁版的希臘文選則是在

一六〇六年重新被人發掘。

④ 卻斯特頓，〈第二個童年〉（*A Second Childhood*）收錄於《G．K．卻斯特頓詩選》（*The Collected Poems of G. K. Chesterton*）（London: Cecil Palmer, 1927），70（stanza 5）。

⑤ 安德魯．蘭，《艾爾菲德．丁尼生》（*Alfred Tennyson*），第二版。（Edinburgh: Blackwood, 1901）他談到的這首詩實際上是出自於丁尼生的〈祕密〉（*The Mystics*），於一八三〇年出版。

⑥《流水年華》（*Of Time and the River*），湯馬斯．沃爾夫（Thomas Wolfe）著，於一九三五年初版發行。

⑦ Heraclirus, Fragment 41, in *The Fragments of the Work of Heraclitus of Ephesus on Nature*, trans. Ingram Bywater (Baltimore: N. Murray, 1889). See also Plato, *Cratylus*, 402a; and Aristotle, *Metaphysics*, 1010a, n3.

⑧ Jorge Manrique (1440-1479), "Coplas de Don Jorge Manrique por la muerte de su padre," stanza 3, lines 25-30. For a recent reprint, see Manrique, *Poesía*, ed. Jesús-

Manuel Alda Tesán, 13th ed. (Madrid: Cátedra, 1989).

⑨ 朗費羅是這麼翻譯這首詩的：

Our lives are like rivers, gliding free
To that unfathomed, boundless sea,
The silent grave!
Thither all earthly pomp and boast
Roll, to be swallowed up and lost
In one dark wave.

⑩ 莎士比亞，《暴風雨》（*The Tempest*），Act 4, scene 1, lines 156-158: "We are such staff / As dreams are made on, and our little life / Is rounded with a sleep."

⑪ 華勒・凡・德・福格威德是一位德國的中世紀詩人，古詩人的十二「門徒」之一（*zwöllf Schirmberrenden Meistersänngers*）。這首〈哀歌〉（*Die Elegie*）的前三行

是這麼說的：

Owêr sint verswunden
ist mir mîn leben getroument,
daz ich ie wânde ez wære.

Walther von der Vogelweide, *Gedichte: Mittelhochdeutscher Text und Übertrangung*, ed. Peter Wapnewski (Frankfurt: Fischer, 1982), 108. 波赫士引用的段落部分採用中世紀德文，部分引用現代德文。

⑫ 荷馬索引列舉了九十一則關於「睡眠」的典故，不過卻沒有提過荷馬有使用過「鋼鐵般沉睡的死亡」這樣的隱喻。波赫士可能想到的是維吉爾的《埃涅阿斯記》，約翰・德萊登（John Dryden）把這句話翻譯成：「願你有個陰慘的夢，而他的是鋼鐵般的睡眠」（Dire dreams to thee, and iron sleep, he bears）（Book 5, line 1095）；「他愚蠢的雙眼承受的是銅鐵般的睡眠」（An iron sleep his stupid eyes oppress'd）（Book 12, line 467）。

⑬ Robert Frost, "Stopping by Woods on a Snowy Evening," stanza 4, lines 13-16.

⑭ 杜喬芬（León Dujovne）其他的成就還包括了將*Sepher Ietzirah*從希伯來文翻譯成西班牙文。

⑮ 參閱《貝奧武夫》以及《費尼斯堡殘篇》（*The Finnesburg Fragments*），由約翰・R・克拉克・霍爾（John R. Clark Hall）翻譯為現代英文（London: Allen and Unwin 1958）。

⑯ 節錄自康明斯詩選《W》（W〔ViVa〕），一九三一年出版（出版時康明斯還只有三十七歲）。波赫士在此引用的是原著第三詩段的前四行。

⑰ 法瑞・阿丁・阿塔爾，為*Mantiq al-tayr*一書的作者，此書譯名為《萬禽議會》（*The Conference of the Birds*）。Trans. Afkham Darbandi and Dick Davis（Harmondsworth: Penguin, 1984）。歐瑪爾・海亞姆（十一世紀詩人）是《魯拜集》的原作者，該書於一九八九年由愛德華・費茲傑羅翻譯成英文，而該英文版本之後也陸續成為許多語言翻譯的對象。哈菲茲是《會議室》（*Divan*）一書的作者，

由戈楚・羅錫恩・貝爾（Gertrude Lowthian Bell）自波斯文原著翻譯（London: Octagon Press, 1979）。

⑱ 魯亞・吉普林，《四海之涯》（*From Sea to Sea*）（Garden City, N. Y.: Doubleday Page, 1912），386. 這段引文出自於波根副主教（Dean Burgon）的詩〈佩托〉（*Petra*）（1845），此詩呼應山姆・羅傑（Samuel Rogers）的詩作〈義大利：再會吧！〉（*Italy:A Farewell*）（1828）當中的：「許多古寺都有時間一半的久遠。」

⑲ 莎士比亞，第二首十四行詩。

⑳ 比喻複合詞（*Kenning*複數型態為*kenningar*）是一種在單數名詞使用的多重名詞句型。比喻複合詞在古德文韻文當中常被普遍使用，特別是在吟唱詩人的作品中更是常見，在冰島文學中較為罕見。波赫士曾在他的〈比喻複合詞〉（*Las kenningas*）（該專文收錄於《永恆的歷史》（*La historia de la eternidad; The History of Eternity;* 1936）中不只一次討論過，也收錄於與瓦魁茲（María Esther Vásquez）合著的《中世紀德國文學》（*Literaturas germánicas medievales; Germanic Medieval Literatures;* 1951）一書。

⑳ 這是拜倫一首名為〈她優美的走著，就像夜色一樣〉（*She Walks in Beaufy, Like the Night*）開頭的第一行，該詩於拜倫詩集《希伯來的旋律》（*Hebrew Melodies*）（1815）首次出版。該詩集收錄的詩歌都可以搭配音樂家以撒・納桑（Isaac Nathan）譜寫的傳統以色列歌謠歌唱。

第三講　說故事

① 威廉・華茲華斯, "With Ships the Sea Was Sprinkled Far and High," 收錄於《詩選》（*Poems*），1815。

② 威廉・莎士比亞，第八首十四行詩。

③ 荷馬，《伊里亞德》（*Illiad: The Story of Achillês*）, trans. William H. D. Rouse (New York: New American Library, 1964).

④ 參閱波赫士的〈比喻複合詞〉，該專文特別討論史諾瑞・史德魯森（Snorri Sturluson 1179-1241），他是寫下冰島詩集的大師。波赫士有首向他致敬的詩如下：

You, who bequeathed a mythology
Of ice and fire to filial recall,
Who chronicled the violent glory
Of your defiant Germanic stock,
Discovered in amazement one night
Of swords that your untrustworthy flesh
Trembled. On that night without sequel
You realized you were a coward...
In the darkness of Iceland the salt
Wind moves the mounting sea. Your house is
Surrounded. You have drunk to the dregs
Unforgettable dishonor. On
Your head, your sickly face, falls the sword,

As it fell so often in your book.

Translated by Richard Howard and César Rennert, in Jorge Luis Borges, *Selected Poems, 1923-1967* (bilingual edition), ed. Norman Thomas di Giovanni (New York: Delacorte, 1972), 163.

⑤ 山繆・巴特勒 (Samuel Butler, 1835-1902), *The Authoress of the "Odyssey," Where and When She Wrote, Who She Was, the Use She Made of the "Illiad," and How the Poem Grew under Her Hands*, ed. David Grene (Chicago: University of Chicago Press, 1967).

⑥ 莎士比亞，《亨利四世》（*King Henry the Fourth*, Part I, Act I, scene I, lines 25-27）：「在一千四百年之前，基督蒙受祝福的雙足曾在那塊神聖的土地上行走過，它們是為了我們的幸福之故而被釘上了那苦難的十字架。」（"those blessed feet / Which fourteen hundred years ago were nail'd/For our advantage on the bitter cross."）

⑦ 威廉・朗蘭（William Langland, 1330?-1400?）, *The Vision of Piers the Plowman*, ed.

Kate M. Warren (London: T. Fisher Unwin, 1895).

⑧ 亨利・詹姆斯, *The Aspern Papers* (London: Martin Secker, 1919).

⑨《佛桑加傳奇》(*Völsunga Saga: The Story of the Volsungs and Niblungs*, ed. H. Halliday Sparling, translated from the Icelandic by Eiríkr Magnússon and William Morris〔London: W. Scott, 1870〕)。

⑩ T. E. Lawrence, *Seven Pillars of Wisdom: A Triumph* (London: J. Cape, 1935).

⑪ Henri Barusse, *Le Feu: Journal d'une escouade* (Paris: Flammarion, 1915).

⑫ G・K・卻斯特頓, "The Ballads of the White Horse," (1911), in *The Collected Poems of G. K. Chesterton* (London: Cecil Palmer, 1927), 225. 這是一首長詩，全詩共約有五百三十個詩段。波赫士引用的是第三冊，第二十二詩段。

第四講　文字—字音與翻譯

① 這段散文的翻譯被刊登在《當代評論》(*Contemporary Review*)(London), November 1876.

② 丁尼生，〈布南堡之賦〉（*The Battle of Brunanburh*）出自於《丁尼生詩選全集》（*The Completed Poetical Works of Tennyson*）（Boston: Houghton Mifflin, 1898），485（stanza 3, lines 6-7）.

③ 本段是〈靈魂的暗夜〉（*Noche oscura del alma*; *Dark Night of the Soul*）八個詩段當中第一個詩段，或是像西班牙古王國黃金時代所說的：“Canciones de el alma que se goza de aver llegado al alto estado de la perfection, que es la unión con Dios, por el camino de la negación espiritual.”E. Allison Peers是這麼翻譯的：

Upon a darksome night,
Kindling with love in flame of yearning keen
—O moment of delight!—
I went by all unseen,
New-hush'd to rest in the house where I had been.

Saint John of the Cross (1542-1591), *The Spiritual Canticle and Poems*, trans. E. Allison Peers (London: Burns and Oates, 1935), 441. Willis Barnstone是麼翻譯這首詩的：

On a black night,
starving for love and dark in flames,
Oh lucky turn and flight!
unseen I slipped away,
my house at last was calm and safe.

Saint John of the Cross, *The Poems of Saint John of the Cross*, trans. Willis Barnstone (New York: New Directions, 1972), 39.

④ 塞門把這首詩翻譯成〈心靈的暗夜〉（*The Obscure Night of the Soul*）。參閱威廉・巴特勒・葉慈編著，《牛津現代詩選》（*The Oxford Book of Modern Verse*,

1892-1935）(New York: Oxford University Press, 1936), 77-78.

⑤ Roy Campbell, *Collected Poems* (London: Bodley Head, 1949; rpt. 1955), 164-165. 坎貝爾引用西班牙原文的第一句當作他翻譯的標題：“En una noche oscura.”

⑥「翻譯大師」(grand translateur) 這個稱謂是喬叟同時期的法國作家迪享普（Eustache Deschamps）在一首歌謠當中給他的稱讚。這一段重複句是這麼說的：「翻譯大師，尊貴的傑夫利．喬叟」。

⑦ 這是喬叟的〈萬禽議會〉（*Parlement of Fowles*）開頭的第一句話。

⑧ 丁尼生，〈布南堡之賦〉收錄於《丁尼生詩選全集》（*The Completed Poetical Works*），486（sranza 13, lines 4-5）.

⑨ 根據傳說典故，亨吉斯特（Hengist）與霍薩（Horsa）是五世紀中葉領導朱特人入侵英國的領袖，並建立了肯特王國。

⑩ 法蘭西斯．威廉．紐曼（Francis William Newman, 1805-1897）不只是一位研究古典時期的學者，也在宗教、政治、哲學、經濟、道德，以及其他社會學科領域上有廣泛的著作。他所翻譯的《伊里亞德》於一八五六年出版。（London:

Walton and Maberly）

⑪ 歐瑪爾・海亞姆（Omar Khayyám, 1048?-1122）的《魯拜集》由愛德華・費茲傑羅翻譯，ed. Carl J. Weber（Waterville, Maine: Colby College Press, 1959）費茲傑羅翻譯的版本於一八五九年於倫敦出版發行。

⑫ 本行取自賀拉斯（Horace）的《詩藝》（*Ars poetica*），359：「像荷馬這般優秀的人都會犯錯，我對此大感不平。」（Indignor quandoque bonus dormitat Homerus.）。

⑬ 喬治・查普曼翻譯的《伊里亞德》於一六一一年出版發行；他翻譯的《奧德賽》則於一六一四至一六一五年間發行。厄克特翻譯了拉布雷五冊的著作，於一六五三年至一六九四年間出版發行。亞歷山大・波普翻譯的《奧德賽》則是在一七二五年至一七二二年間發行。

第五講　詩與思潮

① 華特・佩特說：「所有的藝術都渴望達到音樂的境界。」（All art constantly

aspires towards the condition of music.）摘錄自〈喬治翁學校〉（*The School of Giorgione*）收錄於佩特的《文藝復興時期歷史研究》（*Studies on the History of the Renaissance*）（1873）。

② 愛德華・漢斯立克（Edward Hanslick, 1825-1954），奧國音樂評論家，著有 *Vom Musikalisch-Schönen*，於一八五四年初次印刷。英文版由卡斯塔福・科恩（Gustav Cohen）翻譯，書名取為《論音樂的美》（*The Beautiful in Music*）（London: Novello, 1891）。

③ 參閱史帝文生的論文，〈論文學風格的基本技巧〉（*On Some Technical Elements of Style in Literature*）(section 2, "The web")。取自史帝文生的《旅遊暨藝術創作散文集》（*Essays of Travel and in the Art of Writing*）（New York: Charles Scribner's Sons, 1923），253-277, esp. 256 and 259.「任何藝術創作的動機或目的都是為了要創造出一個典型……這種網路，或者說是這種典型：竟是一種同時訴諸美感以及追求邏輯的形式，是種既優雅又意味深遠的文本組織：而這就是風格，也就是文學藝術的根本。」

④ G・K・卻斯特頓，*G. F. Watts*（London: Duckworth, 1904）。波赫士所談到的應該是該書第九十一頁到九十四頁的部分，卻斯特頓在這裡談到了符號、象徵以及語言的捉摸不定。

⑤ 威廉・巴特勒・葉慈，"After Long Silence," in W. B. Yeats, *The Poems*, ed., Richard J. Finneran (New York: Macmillam, 1983), 265 (lines 7-8)

⑥ 喬治・梅瑞狄斯，*Modern Love* (1862), Sonnet 4.

⑦ 莎士比亞，第一百〇七首十四行詩。

⑧ 威廉・莫里斯，"Two Red Roses across the Moon," in Morris, "*The Defence of Guenevere" and Other Poems* (London: Longmans, Green, 1896), 223-225. 這一句話在該詩九的詩段中的每一個都一再重複引用。

⑨ 威廉・莫里斯，"The Tune of Seven Towers," in "*The Defence of Guenevere" and Other Poems*, 199-201. 波赫士於此處又再度引用反覆句。這首詩於一八五八年創作，由但丁・嘉布瑞・羅西蒂（Dante Gabriel Rossetti）的畫作《七塔之旋律》（*The Tunes of Seven Towers*, 1857）啓發而創作。

⑩ 以下這段詩的英文翻譯如下：

Wandering imaginary dove
That inflames the last loves,
Soul of light, music, and flowers,
Wandering imaginary dove.

⑪ 梅瑞狄斯，*Modern Love*, Sonnet 47.

⑫ 詹姆斯．喬伊斯，《芬尼根守靈夜》(Harmondsworth: Penguin, 1976; rpt. 1999), 216 (end of Book I)這一整段話是這麼說的："Who were Shem and Shaun the living sons or daughters of? Night now! Tell me, tell me, tell me, elm! Night night! Telmetale of stem or stone. Besides the rivering waters of, hitherandthithering waters of. Night!" 波赫士對於喬伊斯最後一本小說的態度是很曖昧的：「對於整段生涯的好壞評斷就在於喬依斯的最後兩部作品……其中《芬尼根守靈夜》的主角

就是英文，因此這本書無可避免地一定很難懂，而且也必定很難翻譯成西班牙文。」參閱 Roberto Alifano, *Conversationes con Borges* (Madrid: Debate, 1986), 115.

⑬ 這幾行詩摘錄於艾德蒙・布倫登的〈論經驗〉（*Report on Experience*）。這幾行詩特別強而有力是因為，這幾句話與詹姆士國王欽定版聖經的一段話相互輝映，當然多少還是有點更改：「我也曾年輕過，不過現在老了；不過我還還沒看到正義公理遭到鄙棄，也還沒見到他的後代淪落到乞食維生的地步。」（讚美詩37:25）

⑭ "Luck! In the house of breathings lies that word, all fairness. The walls are of rubinen and the glittergates of elfinbone. The roof herof is of massicious jasper and a canopy of Tyrian awning rises and still descends to it." 詹姆斯・喬伊斯，《芬尼根守靈夜》，249 (Book 2).

⑮ 山謬・強森博士（Samuel Johnson）的《英語字典》（*Dictionary of the English Language*）一七五五年於倫敦出版。史基德博士的《英語字源字典》首度於英國牛津出版，莫約是在一八七九年至一八八二年間出版。《精簡版牛津英語字

典》（*The Shorter Oxford English Dictionary*）（依據十三巨冊的牛津英語字典縮減而成的精簡版本）首度於一九三三年於牛津出版。

⑯ 羅伯特・路易斯・史蒂文生, *Memories and Portraits* (1887), 第四章：「我像人猿一般地戮力工作，努力拜讀海茲利特（Hazlitt），蘭姆（Lamb），華茲華斯（Wordsworth），湯瑪士・布朗威爵士（Sir Thomas Browne），迪福（Defoe），霍桑，蒙田，波特萊爾，以及歐伯曼（Obermann）的作品。」

⑰ 柯立芝, *Biographia Literaria*, 第十四章：「當下主動而不確定的懷疑，構成了對詩歌的信念。」

⑱ 這是柯立芝作品〈忽必烈汗〉的最後四行。

⑲ 亞若林（Azorín, 1873-1967），《唐・吉軻德冒險路線圖》（*La ruta de Don Quijote*）(Buenos Aires: Losada, 1974). 鄔納慕諾（Miguel de Unamuno, 1864-1936），《唐・吉軻德與桑丘的人生》（*Vida de Don Quijote y Sancho según Miguel de Cervantes Saavedra*），2nd. Ed. (Madrid: Renacimiento, 1913).

⑳「拉長弓」（to draw the longbow）有「說大話」、「吹牛」的意思。

㉑ “A violent green peacock, deliriated/unlillied in gold.”

㉒《樂園復得》，Book 4, Lines 638-639; in *The Complete Works of John Milton*, ed. John T. Shawcross (New York: Doubleday, 1990), 572.

㉓ 摘自米爾頓一首感嘆自己雙目失明的時四行詩：〈當我想到我虛擲光陰〉（*When I Consider My Ligbr Is Spent*）（1673）。

第六講　詩人的信條

① 約翰．濟慈，〈夜鶯頌〉，第六十一至六十七行。

② 波赫士在〈論一千〇一夜的翻譯家〉（*Los traductores de las 1001 noches*）一文中特別討論到這個議題，本文收錄於他一九三六年的著作 *La historia de la eternidad*。法國學者安東．加朗在一七〇四至一七一七年間出版他的《一千零一夜》。英國東方學學者艾德華．威廉．藍恩（Edward William Lane, 1801-1876）在一八三八年至一八四〇年間，出版他的英文翻譯版本。

③ 這一句話摘錄自惠特曼的《草葉集》（一八九二年版），〈自我文歌〉。

④〈不朽〉(*El inmortal*)於一九四九年出版發行，收錄於波赫士的選輯《阿列夫》(*El Aleph*)。

⑤ 維吉爾，《埃涅阿斯記》，Book 6 line 268. 約翰・德萊登（John Dryden）是這麼翻譯這句話的：「他們穿越寥無人煙的陰暗」(Book 6, line 378)。羅伯・D・威廉斯（Robert D. Williams）則是這麼翻譯：「他們走過寥無人煙的暗夜」(Book 6, line 355)。

⑥ 摘錄自《航海家》(*The Seafarer*)，ed. Ida Gordon (Manchester, England: Manchester University Press, 1979), 37. 請參閱本書第一講波赫士的相關討論。

⑦ 莎士比亞，第八首十四行詩。

⑧ 這是濟慈的詩〈月之女神〉(*Endymion*) (1818)開頭的第一行。

⑨ 波赫士在跟威利・巴恩史東（Willis Barnstone）的對話中，表達了他想要隱姓埋名的願望。我問他：「如果聖經是孔雀的羽毛，那麼你是哪一種鳥類？」波赫士回答我：「這隻鳥的卵，就在他位於布宜諾斯艾利斯的鳥巢裡，還沒有孵化，還因為沒有被人帶著偏見看待而暗自高興，不過我衷心地期待就這麼保持

原狀就好了！」威利・巴恩史東，《在布宜諾斯艾利斯與波赫士夜幕閒談：一部回憶錄》（*With Borges on an Ordinary Evening in Buenos Aires: A Memoir*）（Urbana: University of Illinois Press, 1993），2.

⑩〈史賓諾莎〉（*Spinoza*）最早出版的日期是在一本向盧貢內斯致敬的詩集中，《自我與他者》（*El otro el mismi*）（Buenos Aires: Emecé; Editores, 1966）。這首詩的英文翻譯如下：

The Jew's hands, translucent in the dusk,
Polish the lenses time and again.
The dying afternoon is fear, is
Cold, and all afternoons are the same.
The hands and the hyacinth-blue air
That whitens at the ghetto edges
Do not quite exist for this silent

Man who conjures up a clear labyrinth,
Undisturbed by fame-that reflection
Of dreams in the dream of another
Mirror—or by maidens' timid love.
Free of metaphor and myth, he grinds
A stubborn crystal: the infinite
Map of the One who is all His stars.

這首詩由理查・霍華（Richard Howard）以及西撒・雷納（César Rennert）翻譯，收錄餘波赫士的《詩選》（*Selected Poems, 1923-1967*），ed. Norman Thomas di Giovanni（New York: Delacorte Press, 1972），193.波赫士還有第二首獻給哲學家的十四行詩，〈巴魯克・史賓諾莎〉（*Baruch Spinoza*），收錄於一九七六年出版的《鐵幣》（*La moneda de hierro*），威利・巴恩史東的英文翻譯如下：

A haze of gold, the Occident lights up
The window. Now, the assiduous manuscript
Is waiting, weighed down with the infinite.
Someone is building God in a dark cup.
A man engenders God. He is a Jew
With saddened eyes and lemon-colored skin;
Time carries him the way a leaf, dropped in
A river, is borne off by waters to
Its end. No matter. The magician moved
Carves out his God with fine geometry;
From his disease, from nothing, he's begun
To construct God, using the word. No one
Is granted such prodigious love as he:
The love that has no hope of being loved.

巴恩史東，《在布宜諾斯艾利斯與波赫士夜幕閒談》，5。如要參閱原文，請參閱波赫士的《作品全集》（*Obras completas*），vol. 3（Buenos Aires: Emecé Editores, 1995）, 151.

大師名作坊 186

波赫士談詩論藝

作　者—波赫士
編　者—凱林—安德・米海列司庫
譯　者—陳重仁
編　輯—張瑋庭
美術設計—吳佳璘
內頁排版—邵麗如
副總編輯—嘉世強
董事長—趙政岷
出版者—時報文化出版企業股份有限公司
108019臺北市和平西路三段二四〇號三樓
發行專線—（〇二）二三〇六—六八四二
讀者服務專線—〇八〇〇—二三一—七〇五
（〇二）二三〇四—七一〇三
讀者服務傳真—（〇二）二三〇四—六八五八
郵撥—一九三四四七二四時報文化出版公司
信箱—10899臺北華江橋郵局第99信箱
時報悅讀網—http://www.readingtimes.com.tw
電子郵件信箱—liter@readingtimes.com.tw
法律顧問—理律法律事務所　陳長文律師、李念祖律師
印　刷—勁達印刷有限公司
初版一刷—二〇〇一年一月二十九日
二版一刷—二〇二二年二月十八日
定　價—新臺幣三〇〇元
（缺頁或破損的書，請寄回更換）

時報文化出版公司成立於一九七五年，
並於一九九九年股票上櫃公開發行，於二〇〇八年脫離中時集團非屬旺中，
以「尊重智慧與創意的文化事業」為信念。

波赫士談詩論藝/波赫士著；陳重仁譯 .－二版 .－臺北市：時報文化
, 2022.2
面; 公分 .－(大師名作坊;186)
譯自：This Craft of Verse
ISBN 978-626-335-006-9

1. CST: 詩評

812.18　　111001081

ISBN 978-626-335-006-9
Printed in Taiwan